蔡澜

人是复杂的动物

好的女人不会老　她们愈来愈优雅

广东旅游出版社
GUANGDONG TRAVEL & TOURISM PRESS
中国·广州

U0685729

图书在版 CIP 数据

女人是复杂的动物/蔡澜著. —广州：广东旅游出版社，2017.8
ISBN 978 - 7 - 5570 - 0971 - 7

I. ①女… Ⅱ. ①蔡… Ⅲ. ①散文集—中国—当代 Ⅳ. ①I267

中国版本图书馆 CIP 数据核字（2017）第 114672 号

女人是复杂的动物
NÜREN SHI FUZA DE DONGWU

出 版 人：刘志松
策划编辑：周文娟
责任编辑：周文娟
装帧设计：邓传志
插　　画：苏美璐
责任技编：刘振华
责任校对：李瑞苑

广东旅游出版社出版
（广州市越秀区环市东路 338 号银政大厦西楼 12 楼　邮编：510642）
邮购电话：020 - 87347316
广东旅游出版社图书网
www. tourpress. cn
深圳市希望印务有限公司印刷
（深圳市坂田吉华路 505 号大丹工业园二楼）
965 毫米 ×1280 毫米　32 开　7 印张　141 千字
2017 年 8 月第 1 版第 1 次印刷
印数：1—3000 册
定价：30.00 元

［版权所有　侵权必究］

本书如有错页倒装等质量问题，请直接与印刷厂联系换书。

目录
MULU

序　蔡澜此人 / 1

金庸

女人不简单 / 1

不简单的女人 / 2

谈性感 / 4

单身女郎 / 6

名言 / 8

接受 / 12

影子美女 / 14

数美女 / 18

恐怖 / 22

琉璃 / 24

悲剧 / 28

疯癫 / 30

方块佳人 / 32

不哭的寡妇 / 36

平辈 / 38

老处女万岁 / 40

鱼与熊掌难取舍 / 44

极度猜疑＝极度痛苦 / 47

做傻女，不要做蠢女 / 50

目 录

MULU

名利场的女人 / 53

邢慧 / 54

白光 / 56

阿珊 / 58

厚唇 / 60

一点点 / 62

画 / 64

八头美人 / 66

阿部定 / 67

日剧女主角 / 68

张丽珠 / 70

Keria Knightley / 72

鳄渊晴子 / 74

松田英子 / 75

名取裕子 / 77

陈小姐 / 78

印度西施 / 80

泰后 / 82

五轮真弓 / 83

濑户内寂听 / 85

Rym Brahimi / 87

目 录
MULU

生活中的女人 / 89

平姐 / 90

中佣 / 92

契妈 / 93

何妈妈 / 95

阿心姐 / 99

大头妈妈 / 101

苏美璐 / 103

郭太 / 105

阿婆 / 107

野女孩 / 111

十三妹 / 115

追踪十三妹 / 116

贞奴 / 119

橄榄油 / 124

大食姑婆 / 128

古堡女僵尸 / 132

新井一二三 / 137

张先生的肥婆 / 141

目录

MULU

女人说男人 / 145

心灵不能承受的痛 / 146

丈夫闷蛋妻子愁眉 / 149

过埠新娘放弃伤心的家 / 152

求神拜佛望他回心转意 / 155

鼓起勇气，屡败屡战 / 158

你没胆，我给你 / 161

莫名其妙嫁给他 / 164

低班狐狸精 / 167

"畜牲"不用同情 / 170

何必烦恼 / 173

何须改变 / 176

不育的女人，一切都会完蛋吗？ / 179

何苦死缠烂打 / 182

女人四十嫁杏无期 / 186

做尼姑抑或护士，自己拣 / 189

十六岁就是无敌？ / 192

序

蔡澜此人

金庸

除了我妻子林乐怡之外，蔡澜兄是我一生结伴同游、行过最长旅途的人。他和我一起去过日本许多次，每一次都去不同的地方，去不同的旅舍食肆；我们结伴同游欧洲、从整个意大利北部直到巴黎，同游澳洲、新、马、泰国之余，再去北美，从温哥华到三藩市，再到拉斯维加斯，然后又去日本。最近又一起去了杭州。我们共同经历了漫长的旅途，因为我们互相享受作伴的乐趣。一起去享受旅途中所遭遇的喜乐或不快。

蔡澜是一个真正潇洒的人。率真潇洒而能以轻松活泼的心态对待人生。尤其对人生中的失落或不愉快遭遇处之泰然，若无其事，不但外表如此，而且是真正的不萦于怀，一笑置之。"置之"不太容易，要加上"一笑"，那是更加不容易了。他不抱怨食物不可口，不抱怨汽车太颠簸，不抱怨女导游太不美貌。他教我怎么喝最低劣辛辣的意大利土酒，怎样在新加坡大排档中吮吸牛骨髓，我会皱起眉头，他始终开怀大笑，所以他肯定比我潇洒得多。

我小时候读《世说新语》，对于其中所记魏晋名流的潇洒言行不由得暗暗佩服，后来才感到他们的矫揉造作。几年前用功细读魏晋正史，方知何曾、王衍、王戎、潘岳等等这大批风流名士、乌衣子弟，其实猥琐龌龊得很，政治生涯和实际生活之卑鄙下流，与他们的漂亮谈吐适成对照。现在我年纪大了，世事经历多了，各种各样的人物也见的多了，真的潇洒，还是硬扮漂亮一见即知。我喜欢和蔡澜交友交往，不仅仅是因为他学识渊博，多才多艺，对我友谊深厚，更由于他一贯的潇洒自若。好像令狐冲、段誉、郭靖、乔峰四个都是好人，然而我更喜欢和令狐冲大哥、段公子做朋友。

蔡澜见识广博，懂得很多，人情通达而善于为人着想，琴棋书画、酒色财气、吃喝嫖赌、文学电影什么都懂。他不弹古琴、不下围棋、不作画、不赌、不嫖，但人生中各种玩意儿都懂其门道，于电影、诗词、书法、金石、饮食之道，更可说是第一流的通达。他女友不少，但皆接之以礼，不逾友道。男友更多，三教九流，不拘一格。他说黄色笑话更是绝顶卓越，听来只觉其十分可笑而毫不猥亵，那也是很高明的艺术了。

过去，和他一起相对喝威士忌、抽香烟谈天，是生活中一大乐趣。自从我去年心脏病发之后，香烟不能抽了，烈酒不能饮了，然而每逢宴席，仍喜欢坐在他旁边，一来习惯了，二来可以悄声说些席上旁人不中听的话，共引以为乐，三则可以闻到一些他吸的香烟余气，稍过烟瘾。

蔡澜交友虽广，不识他的人毕竟还是很多，如果读了我这篇短文心生仰慕，想享受一下听他谈话之乐，未必有机会坐在他身旁饮酒，那么读几本他写的随笔，所得也相差无几。

女人不简单

不简单的女人

芭芭拉·卡兰 Barbara Cartland 这个女人颇不简单，除了爱情小说多得进入吉尼斯大全之外，她有不断的精力去旅行和推销自己的作品。

年轻时，她忽然有个奇想：如果用滑翔飞机来送信，岂不节省能源？不怕死，她亲力亲为地当机师推行。

也曾经为兄弟助选，成功地推举当国会议员，后来战死，卡兰为他写了本传记，千方百计地请前英国首相邱吉尔来写序，也显出她提高自己身价的才能。

她一生为圣约翰救伤队做过不少事，也卷起一个提高护士薪金的运动，又当世界爱情小说协会的会长。

吉卜赛人也欠她不少，她致力维护这流浪民族的权利，令到国会通过法律，安顿他们在屋村住下。吉卜赛人感谢她，把这条村叫为"芭芭拉村"。

殖民地国家读者无不喜爱她的小说，印度更疯狂到给她一个勋章，远在 1972 年，她的书一卖就是 700 万本，而且还翻译成希伯莱文、希腊文和土耳其文。以色列更封她为女爵士。她来过香港好几次，还上过英文台电视。

在1978年，她雇用英国皇家交响乐队，为自己唱的《我在找寻彩虹》灌唱片和录卡式带。传说中，她和蒙巴顿伯爵有过婚外情，是不是真的不知道，和戴安娜王妃是亲戚，倒是假不了。

1986年，曼谷东方酒店以她为名，设了芭芭拉·卡兰套房。

这次我住进去，才知道她那么多东西，房中还有一封信，抱怨说房间颜色不够粉红，实在是八婆一个。

但是，我宁愿住八婆套房也不想住毛姆和卡活套房。此二君，虽是名作家，但皆为同性恋者，不知阴魂散了没有。

谈性感

"我要性感，我不要暴露！"小女明星说完，拼命地用两只手臂向内挤出一点点乳房，弯了腰，给拍照片的人看到她那很浅的乳沟。

性感和暴露，这令女人没法搞清楚，像她这种姿势，在几十年前的水准看来，和三点都脱光，是暴露相同，贵贱也是一样的。

单单是露了这么一点乳沟，就是性感的话，那么这个女人又是大错特错。

性感的定义并非那么复杂：性是性欲，感是感觉，令到对方感到要和你上床，就是性感，绝对不是露露乳沟就能做到的事。

麦当娜性感吗？看她张开大嘴巴，全身肌肉收紧僵硬的姿势，吓都吓死了，哪肯和她做爱？所以不性感。

梦露性感吗？她一脸金发白痴相，除了做那件事之外什么都不懂，所以不性感。

格丽斯·凯莉性感吗？她高贵，她美丽，她丰满，但是太过端庄，给人一个拒之千里的感觉，所以不性感。她唯一性感的时候，是和加利·格兰演《捉贼记》的时候，当时她私下爱上这个男人，眼神是淫荡的。

所以说，性感在于眼神，不在于胸部和屁股。一个女人，当她的眼睛在说"我要把你吞下去！"时最性感。

单身女郎

你说："我是一个 30 多岁的单身女郎，我并非独身主义者，只是未遇到适合的对象。我觉得自己很正常，没有俗人的老姑婆脾气或怪行为。每次看到称呼过了适婚年龄的女性'老处女'，就觉得是一种侮辱。为什么男人迟婚理所当然，女人迟婚就受到闲言闲语？希望你能讲讲这问题。也希望大家不要侮辱我们。"

首先，要是你在乎"俗人"讲的，那么你自己也就是一个所谓的"俗人"，无药可救。

思想上的自由，就是人生的自由，不管你是未婚、已婚或迟婚。我行我素，又不妨碍到他人的行动或思想。你是否单身，并不重要。哈哈，我变成什么南宫夫人了，又像跷起脚来收取五毛钱心理诊断费的花生漫画中的露茜。

结婚或单身，只是一个概念的问题。相信许多已婚者没有遵守过诺言，那和未婚有什么分别？结了婚，并不表示他们有何特权。

我在外国遇见许多单身女郎，都超过所谓的适婚年龄，她们的社会已多见不怪，大家各自顾自己的事，所以没有去讲她们是什么老处女老姑婆。

有时候，一些没有麻烦的来往，一点健康的异性性行为，不应受到传统的道德观所限制，也不用有什么所谓良心责备。只要不陷入不能自拔的幻想恋爱中。性爱在现代，也常是互相认识的开始。

偶然的同性相恋也是好事，因为这只是另一种手法。以前，大人骗我们什么一滴精一滴血，不是被现代的医者所推翻了吗？道德观念是随时代改变，目前自慰已不是大件事。以后，间中的同性恋也会被同情的。我再三地说过，不反对同性恋，只反对过分的寂寞。

我想，单身女郎和孤独男性都是很正常。是否是你们对自己产生了疑问？心中想结婚，这也正常，正如许多已婚的人想变成未婚、没有孩子的人想生、有几个的人后悔，这都是对自己得不到的东西的好奇心。

心中的疑难，自己去求答案。想通了，我是我，管什么他人的娘亲？

名言

一位女明星说：

"什么东西都是脑筋决定的。知道自己要些什么，已经是一个很好的开始。这些钻石多漂亮！它们是我的好朋友。除了健康，钻石最重要的了。

"我拍戏时永远不会坐下。一坐下服装便皱了。我经常问我自己：要给观众看到我最好的一面、还是要坐下？这根本不必去选择。

"不过，我穿衣服是为了女人；脱衣服是为了男人。

"一个好男人一靠近我，我就一直感觉到紧张，性方面的紧张。

"性和工作，是我生命中仅有的两种东西。

"如果要我选择工作，或性，我会选择工作。我很侥幸，到目前为止，我不必做这种选择，至少一个星期之内不必。自从我长大之后，没有拥有这两样东西的时间，不会超过一个礼拜。

"我找男人不会困难，他们会找到我。我在任何男人身上都会发现他们的好处。不，不，不能说所有男人，大部分的男人吧。

"我自己想做什么就是什么，大家都在忙着想别人在想什么。自己想东西，才叫做为自己活下去。

　　"幻想会使到自己快乐。我们不必花脑筋去折磨自己。要照顾自己的身体，不如先照顾自己的脑筋。一直往坏处想，脑筋会起皱纹的。

　　"还是谈谈男人比较有趣味。

　　"男人很滑稽，当他们追求我的时候，把钻石链圈在我手腕上。得到了我之后，马上要把烧菜的围裙围在我腰上，我才不希罕钻石的手铐呢。

　　"不过我也不会和男人辩论的，一辩论，哪有心情去做爱？

　　"有些女人不知道自己要些什么。我就知道自己要些什么。

　　"怎么去教那些不知道要些什么的女人？

　　"不熟的女人，我是不教的，我对任何女人都不熟。男人才熟。

　　"我相信性是一件不必羞耻的事。我看不出恋爱有什么罪恶。

　　"性和爱是世界上最伟大的东西。

　　"没有情感的性爱？不太坏呀。

　　"性是一种很好的运动，对我们的身体很有好处，尤其是对皮肤和血液循环。你看，我的皮肤多好，摸一摸呀，你会感觉到我的皮肤是很好的。

　　"最重要的是要先了解自己，知道自己要的是什么。了解对方？那并不重要。

"我也忘了对性需要的时候。我一直做爱，怎会不记得？

"我一直需要很多的男人。在一个下雨天的晚上，有多几本书看，比只看一本书好。

"而且，只有一个男人的时候，你会想去改变他。多几个的话，你就不必花功夫去改变他们了。

"女人花太多时间去说：不、不、不。

"她们一直在训练自己说'不'，结果到了星期六晚上，只有留在家里洗头。

"男人多好！没有一件事比把头靠在男人胸口上更舒服。可是也不必靠得太大力。

"我把男人哄得以为自己是英雄人物，不过经常由我说拜拜。

"我永远不明白，为什么女人会为一个男人要生要死。失去一个还有另一个呀。为什么要痛哭？痛哭的时候嘴巴向下歪，皱纹就生出来了！没有一个男人值得去长皱纹的。

"婚姻是愚蠢的，我不相信有些事对男人来说是好的，对女人来说是不好的。女人结婚时是结婚，男人结婚是有时结婚，有时不结婚，完全由他们决定。

"我们女人总比男人强，他们做爱做到疲倦时，我们还是可以照做下去。

"性爱是一切东西的原动力。我们有很强的欲望，才会用这力量去创作。

　　"我工作时就不会和男人做，我要把这些力量省下，放在我的工作上。

　　"至于生孩子，我不想生。在我小时，有一个洋娃娃，我知道自己的孩子不是洋娃娃，你不能在玩厌的时候把它扔掉。我不是一个做好妈妈的人，我尊敬那些可以牺牲自己去做好妈妈的人。做母亲是全职的。我已经有自己的事业，我不相信我会把两种事业都做得好。"

　　说这些话的人叫梅·蕙丝 Uae West，她自己写剧本演舞台剧。到了四十多岁才拍电影，在好莱坞红极一时。

　　梅·蕙丝出生于一八九三年，那是一百多年前的事。

接受

舒淇的化妆品广告到处可见。很显然地，大家已经接受了她。

是呀，她也是演脱衣服的三级片出身的，脱衣服又何妨？三级片又何妨？

完全要看演员本身的自信。

舒淇工作时全神投入，本人个性开朗，和她聊天，总有清新的感觉。那青春气息，又迫人而来，很难让人对她有抗拒。就算她做尽天下坏事，还是有一份真。

我们一共只见过三次面。第一次是文隽约打麻将，说搭子有个舒淇。一看，才知道是个女的，我还以为文隽说的是影评家那位。

打错了一张牌，呱呱大叫，拼命骂自己，这就是女舒淇了。

第二次上我的清谈节目，事后的调查报告中说，她给人的印象最深。

第三次是我一个在日本留学时的同窗，到巴黎去流浪了十几年，成为名摄影师，他办了一本时装杂志，找明星做封面。我介绍了舒淇，只给他两小时拍照和做访问。结果舒淇自动地把时间腾出来，约好翌日再好好地拍过，因为和我那友人的谈话中，她了解他的诚意。

我监制中的那部《B计划》也找了舒淇演女主角，造型和试镜时我不用出场，我知道她一定行的，一切交给导演抓主意好了。另一位纯洁可爱的是李丽珍，现在已很幸福地嫁人生子，我对她的印象也极佳，要是她留下的话，在影坛也有更辉煌的成绩。多少好莱坞大明星都不认为脱脱衣服有什么了不起。如果她们说要打底（做点掩饰之意），西方的报章还会以为她们神经错乱呢。

香港观众的水准并不高，其中去挤提蛋糕的大有其人，本来有点失望，但是另一方面却能接受舒淇，可见胸怀比其他东南亚地区广阔得多，是值得称赞的。

影子美女

银幕上的佳人，是天衣无缝的，是完美的，化妆、灯光、摄影角度下，她们永远是你的梦中情人。

亲眼见过的女明星中，真人倒并不是在镜头中那群仙女，她们也是凡人一个。

还在念书时，伊丽莎白·泰勒和她的丈夫米高·铎来新加坡宣传他监制的新片"环游世界八十日"。

机场中挤满了各报的记者，大热天下，伊丽莎白显然地不耐烦，但她刚新婚，又初临该地，不得不做出欢容。

近看之下，她那层厚厚的化妆盖不住脸上的雀斑，手臂上的皮肤也相当地粗糙，当然，她那时的身材还是第一流的，腰很细，不过腿是短了一点，记得和我一比，矮了一个头以上，只到我头下那么高吧。

二十年后，她来邵先生的别墅作客，只见过她一眼，已是个臃肿肥胖的老妇，听说她还喝酒喝得糊里糊涂。不过最近看她的照片，又瘦回了，还略有年轻时的一些影子。

在新加坡还看过占士·邦戏的女主角乌丝拉·安德丝（UsulaAndress）。

她在海滨拍戏，印象中，她的颧骨特别高，太阳在脸上两个大黑影，肩膀也来得宽阔，背后看去，活像一张麻将桌。

穿得密密实实的她，记者要求她以泳装示众，拍几张相片，乌丝拉听了不悦，这我也能了解的，何必为你们这群家伙脱衣呢？这一来惹怒了西报记者，翌日以刻薄的大标题说：Andress refused to undress，安德丝（谐音"脱衣"），拒绝脱衣。

一致被香港人公认为美女的珍·丝摩也不见得特别地好看，《时光倒流七十年》这部戏处处碰壁，只有在香港成为上映最长的西片。

珍·丝摩本人也很矮，说起话，笑起来，嘴还有一点歪，看得出她有一副假牙，可见在外国的牙医，技术也不见得高明，或者是她不肯付多一点钱也不一定。

电影拍摄之前她化妆化得很久。经验老到地望着摄影机镜头的倒影，注意自己是否完美，还不时地和摄影师、灯光师商量，这样好不好？那样好不好？

有一位身高六英尺的黑人明星叫达玛拉·杜逊，她来香港拍《黑金刚大战狂龙女》时，我差不多每天与她见面，足足有两个多月。

黑人女人的皮肤，比端砚还要光滑，达玛拉长得相当的漂亮，尤其是不化装的时候，更是一个大美人。

错误的印象，是黑人都有体臭。时装模特儿出身的她，很会保养自己，一直保持干净，不但毫无臭味，略出微汗，还有一股异香。

达玛拉的毛病是自卑感太重，变为无尽头的自大狂。在片场拍戏，她要求订做一张椅子，比导演的还高。

后来臭脾气越来越重，迟到早退，什么坏事都做尽，搞到我们当制作的人头痛不已。最后只有出绝招，叫几个比她更高大威猛的武师乘排戏的时候，打了她几拳，她才乖乖地拍下去。

演反派狂龙女的是史蒂拉·史蒂芬，她曾在好莱坞红过一时，大家也许会记得她演过的《海神号历险记》。

在香港拍戏时，她有一个发型师兼经理人兼男伴的嬉皮士跟着，这个人身上都是各式各样的各种颜色的丸仔，还有大量的大麻，不知怎么让他偷运进来的。史蒂芬当年只有三十岁，大乳房已下垂，不穿胸罩荡来荡去，她满嘴粗口，"发发"声地，但性格开朗，讨人喜欢。

偶然的机会下也遇见过英国的苏珊娜·约克，她还是怀春少女，在外景地埋头写情书，后来她也进军好莱坞，和伊丽莎白·泰勒演过对手戏，但总红不了。几年前她拍过一部疯妇杀人戏，露胸露毛，已不堪入眼。

印象最佳的是格丽丝·凯莉，她和雷奈王子一块来参观邵氏片场的时候已经有四十多岁了吧。她穿了一套粉红色的名牌，但已遮不住那发胖的体型，不过脸部还是那么美丽、高贵、安详，和她演《后窗》时不无两样。

大热天，加上片厂中的几十万伏灯光，许多旁观者都要求和她拍相，不是件舒服的事，但她没有拒绝，一一耐心地微笑，我当然也想和她合照一张留念，但无论如何，都开不了口。

前年东京影展，《目击证人Witness》的女主角凯丽·姬丽斯也前来参加。

经制片介绍，我们谈过几句，发觉她很高，至少有五英尺十英寸以上，并没有穿高跟鞋，她的眼睛有一点毛病，眼珠可以分开左右眼角，中间留白。

《目击证人》里她演的清教徒，美得令人气窒。目前一看，是一个极为普通的女人，不像明星，倒似奥运选手。

比凯丽·姬丽丝还要高的是苏菲亚·罗兰，有一年在罗马的特艺七彩冲印所见过。

罗兰说话时带意大利人同一手势，握着五指，向自己的唇上一吻，强调那一家餐厅的东西好吃得不得了。

她本人眼大、鼻大、嘴巴大，唇特别厚，半夜出现，包把你吓得掉头就跑。拜好莱坞的技巧，银幕上的她，是那般的美艳，连男主角站在她身边，也不觉她高大。谁会想到，在和矮仔明星亚伦·烈特演对手戏，两人在沙滩散步时，工作人员挖了一道深渠，让她与男主角并肩而行的苦心？

数美女

谈美女，必得有一守则，那就是，漂亮的女人不会老的。你要是太过有逻辑，那么，便没有资格谈美女了。

天下美女如云，但不是个个都是大家熟悉，何况有句老话叫"情人眼中出西施"。讲你我爱人，不能算数，还是谈谈每个人都认识的明星。

人总有个性，个性可以造成不同的印象，虽然银幕中的角色由剧本写稿，但是个性是掩饰不来的，美女始终是美女，却可以分类。

大致上，我先分两派：正正经经的有胡蝶、龚秋霞、陈燕燕、白燕、尤敏、夏梦等等；较为邪派的是：李香兰、欧阳莎菲、白光等等。

其实白光应该归纳在懒洋洋一派的美女中去。其中当然包括了刘琦、叶枫、李香君和台湾出的夏凡、李湘等人，她们把香烟含在嘴角，皱一皱眉头，天塌下来当被盖，只面向你一笑，已骚入骨头里去。

风骚得出面的是李湄、张仲文、胡锦……至于更次级的那几个，名字不提也罢，只能算是傻子。

绝对要提防的是自命哀怜的美女，她们认为什么都不对，天下人都在欺负她们。爱也不是，骂也不是。总之，你对不起我，我死给你看！

这一群人名字叫阮玲玉、乐蒂、杜鹃、李婷、白小谩和翁美玲，你了解我说些什么。

中性一点的美女有林翠、凌波、郑佩佩等人，任剑辉则绝对称不上是美女。

调皮捣蛋的美女有年轻的甄珍、张艾嘉为代表。

至于本来很好看，但整容整得不像样子的有唐宝云、贝蒂、艾黎和上官灵凤。

谈到上官，必须提一提徐枫，她在《侠女》中，简直冷艳得惊人。

混血儿多美人，但并不被东方影迷接受。有两个例外，前者是关南施，后者是胡燕妮。

重提正派美人，在前辈中有袁志云、王丹凤、陈云裳、周曼华、周璇等人。至到中期，更有陈思思、石慧、石瑛、韩瑛、江雪；再后一点的赵心妍，大家可能记不起她，但的确很美，是属于当今的陈秀雯那一型的。

有些美人是要经过香港的洗礼才磨亮的，像何琍琍，起初由台湾来的时候样子普通，后来越来越美，有如钻石地闪亮。

翁倩玉个子太小，年轻时也不好看，成长后很美，能歌善舞，更能引人入胜。歌唱得好的美女是汤兰花。虽说是山地姑娘出身，如此美女，管它山地不山地。还有另一位山地人是张美瑶，和名字一样美。

从小就美的当然是冯宝宝，别忘记了萧芳芳。粤语片时代的陈宝珠，影迷之多也吓死人。白雪仙很美，罗艳卿也有人喜欢。

李丽华我始终不能说是美的，但是她拥有各种面孔，戏路之广也是明星中少见。演技派里平凡中见美貌的是归亚蕾和卢燕，至今还有高贵的气质。

别看小走性感路线的于倩，她当年一头长发，皮肤洁白，是美女一名。

另一位陆小芬，也是大美人，真人比上镜好看得多，她谈吐风趣，更增加魅力。汪萍也是美女。

台湾美人还有学院派的胡茵梦，她近来深究玄学，人也变得玄得不得了。

已经息影的林凤娇，是影坛的损失，她肯再站出来，有许多人要站到一边去。

当今代表性的美女是：台湾的林青霞、香港的钟楚红、大陆的巩俐。

林青霞的美分几个阶段，《窗外》、《爱杀》和《东方不败》，她将一直美下去。

钟楚红半退休状态，她要是复出，又会更上一层楼。

巩俐还只是冰山一角，怎么发展是大家期待的。

我们不能不提关之琳是美的、王祖贤是美的、刘嘉玲是美的、温碧霞是美的、张敏是美的。利智起初大家不同意，后来也成为众人心目中的美女。

有个性的叶童、夏文汐、顾美华都很漂亮，起初也许不能说有艳丽的感觉，但都很耐看。吴家丽的味道，更由影片和硬照中喷了出来。

港姐中朱玲玲、李美凤、李嘉欣是佼佼者。

张天爱只演过一部戏，但印象犹新。

自古以来，美人和长发是相连的，微风掀起，似乎感觉到吹拂在你脸上。美女长发一剪，就变成邻居玩童，连林青霞在《梦中人》中也不能幸免。陈法蓉不算丑，但那头短发，实在不敢领教。

重复一句，美女是不老的。明星更是幸福，因为她们的倩影永远地留在菲林上，重现于银幕或荧光幕中，我们的后辈，将对她们惊艳。一代又一代，无休止地崇拜与仰慕。服装发式的造型，又成为时尚，就像我们在深夜的粤语残片中，看到白燕的旗袍是那么的性感。

影视界中的美女数之不尽，恕我不能一一举出，有遗漏的，敬请原谅：只要你们自己认为自己是美女，就是美女。我提不提，已经不要紧了。

恐怖

年轻时常被美丽的明星包围，干的是电影事业嘛，免不了的。

别人好生羡慕。

其实和电影明星在一起是件苦差事，在水银灯下欣赏她们的美貌，私底下迫着要看到她们卸了妆的丑态，很受不了。

拍外景或到外地去做宣传时，一有空暇，这群女子便大刺刺地洗完脸跑出来。

哇，怎么都是脸青青的？也许是每天化妆化得太浓，脂粉中的铅质袭透了皮肤，脸上一块块的瘀黑斑纹，令人作呕。

眉淡了，眼睫毛也不见，这些人怎么个个都是蒙猪眼？神奇胸罩除下，身材更平平无奇。

当然，其中也有些不化妆比上镜更好看的例子，但究竟是少数。

我一向和女明星保持一个距离，也并非清高，只希望她们别让我看到真面目。

化妆除了是职业所需，也是一种大都市的社交礼仪，和不是很熟稔的人在一起，淡淡地擦半层粉，也应该吧？

公众场合下，明星应该化妆的，但时常看到什么表演的彩排，她们就死都不擦一下粉，难看到极点。

女人要是完全不化妆，也显得自然，看惯了还是舒服的，更给人一种不食人间烟火的感觉。

很佩服从前女子的幽雅，只剩下自己时才不化妆。她们总是在别人睡后洗脸，身边人起身之前已略施脂粉。

家母快九十岁了，数十年来她还一直保持这个好习惯。

一般女子经常化妆，下班后洗脱，干干净净，就没有女明星的毛病。既然做了演员，便要终生扮演一个自己的角色。人生毕竟不是一般恐怖片，希望她们能有点礼貌，不再以演摄青鬼姿态出来吓人。

琉璃

见面时，我们不禁拥抱。

岁月在我们身上都留下痕迹，但她还是回忆中的那个少女，一个不断地追求精神上更高一层次的女人。

刚认识时，她已是位出色的演员。我们一起在东京拍戏，工作完毕，到一家小酒吧去。本来清清静静，给我们又唱歌又闹酒，气氛搞得像过年。是的，那是旧历年的除夕，日本不过农历年，只是个平凡的晚上。我们身处异乡，创造自己的年夜。

另一年的元宵，我们一起到台湾北港过妈祖诞，鞭炮的废纸，在街上一层铺了又一层，有如红色的积雪。

从来没见过人民那么热烈地庆祝一个节日，各家摆满十数桌酒席，拉路过的陌生人去吃饭，越多人来吃，才越有面子。

烟花堆成小山，已不是噼噼啪啪地放，而是像炸弹一声轰隆巨响，刹那间烧光一切。

看到个地痞变本加厉地拿个土制炸弹掺进烟花中，爆炸的威力令我们都倒退数步。

"虎爷不见了！"听到人家大喊。

这个虎爷是块黑漆漆的木头公仔，据闻是在百多年前由大陆请神明请到台湾来的。北港的人民当它是宝，给那个土炸弹爆得飞上天空失踪了，找不到的话，人民迷信将有一场大灾难。

混乱之中，有个流氓乘机摸了她一下，我们这群朋友看了火冒，和他们大打出手，记忆犹新。

好在大家都没有受伤，虎爷也在一家人的屋顶上找到了，一片欢呼，结束了疯狂的一夜。

从此，二十年来我们再也不碰头，但在报上、电视上常看到她的消息，由一个专演娱乐片的明星，到拍艺术片，连续拿了两届影后的她，忽然息影了。

电影这一行，始终是综合艺术，并不个人化。好演员要靠好的导演栽培。成为大师级的导演，又是谁出钱给他拍戏的呢？还不都是庸俗的商人。

她寻求自我中心的满足感，终于找到了琉璃艺术这条路。

听到这消息，真为她高兴。这个艺术的领域，还是很少人去捉摸的。

书法、绘画、木工、石雕等等，太多大师级的人物霸占着一席。如果大家都是以艺术家身份来互相欣赏，那倒无所谓。令人懊恼的是浑水摸鱼的人太多，攻击来攻击去，已不是搞艺术，而是搞政治了。

琉璃艺术在西周，三千多年前已兴起。历代中产生不少的光辉，到清朝还在鼻烟壶上努力过。近代东方人一直忽视了这门工艺，反而是西方，深受重视。

美国的 Tifiany、捷克的 Libensky 的作品，我在世界各地博物院中都曾经见过。二十世纪初的西方装饰艺术 Art Deco 中，琉璃作品里也大量运用中国器皿为概念，这门艺术，应该在东方发扬光大才对。

有时看来像翡翠，有时看来像玛瑙，有时看来像脂玉，有时看来像田黄。琉璃艺术的颜色变化多端。

这种法国人所谓的水晶脱蜡精铸法 Pate－De－Verre，是将水晶的原粒，加入发色的酸化金属，在炉口高温熔化而成，过程复杂到极点。多年来，她一天十几小时，就算酷暑炎午，她还是在摄氏四十度的高温下工作，失败又失败地重复之下，得到的成果，来得不容易。

作品《玫瑰莲盏》中，水晶脱蜡精铸法已发挥到淋漓尽致的地步。碧绿的莲叶，含着那朵鲜红的小花朵，像一块刚挖出来的鸡血石，是大自然混合出来的斑点，意境极高。

众多作品，我最喜欢的是《金佛手药师琉璃光如来》。一只金色的手臂，隐藏着面孔慈祥的佛像，概念是大胆而创新的，这是从来没有看过的造型，应该说是她的代表作吧。

法国的巴克洛和达利克把琉璃艺术发展在商业装饰里，开拓了广大的世界市场，为国家争取到不少的外汇。

我们见面时，问过她是否会走法国人的商业路线。

她笑笑，表示留给她的伙伴张毅去做，自己只攻创作。其实她的作品中的"悲悯"和其他不同的主题，是外框很厚的玻璃砖，中间藏着各类雕塑，很适合建筑上用，能将一栋平凡的墙砌成一件艺术品。

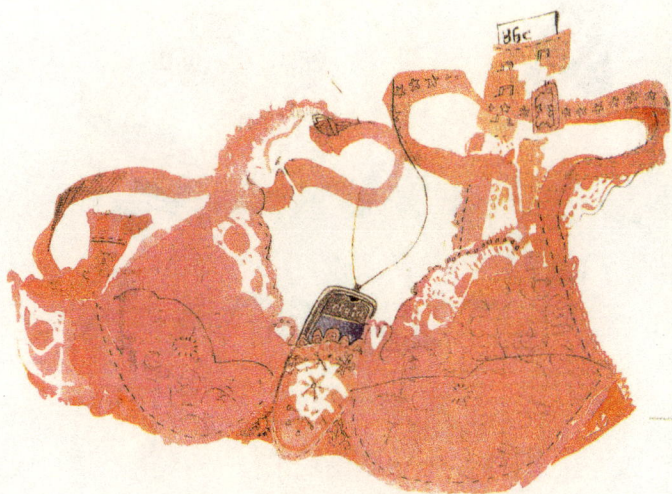

在我三十多年的电影生涯中，认识的女明星不少。家庭破碎的也有，潦倒的也有，消失的也有。

我也认识很多后来成为贤妻良母、家庭美满的演员，俗人知道也好，不知道也好。

她应该是最幸福的一个吧。看到她的表情，很像《芭贝之宴》一片的女主角，用尽一切为客人做出难忘的一餐。

人家问她："你把时间和金钱统统花光，不是变成穷人吗?"

芭贝回答："艺术家是不穷的。"

朋友常问说我写的人物，是不是真有其人。在她的例子，是真的。她的名字叫杨惠珊，又叫琉璃。

悲剧

玛嘉烈公主走了。你们还小，你们没有看过她年轻时的风采。你们不知道，戴安娜王妃虽然比她美，但是那种贵族的气质，是在戴安娜身上找不到的。

这一出发生在现实生活中的悲剧，让许多"从此之后，他们永远活得快乐"的童话幻灭。公主嫁不到她所爱的男人，一生忧郁。

很多人说这是玛嘉烈不好，自己没有勇气下决定。到了 25 岁时她已经不必等王姐批准婚事，像她叔叔爱德华八世一样，不惜一切选择爱情好了，为什么不嫁唐生？

从小被父王溺爱，鼓励她尽量过一般少女的生活。她敢作敢言，19 岁时已经拿出象牙烟嘴来点烟，当年这是平凡少女也在私底下做的事，她才不管。

之后，她不禁忌地公开喝酒，大家都知道她最喜欢威士忌兑矿泉水。

这种个性的女子，怎会乖乖听话，让王室破坏她的婚姻？江山已有她姐姐负责，沉闷伦敦和浓雾，当然放弃好了。加勒比海的白色沙滩和阳光，等待她和唐生两人去享受。

研究人性，不敢的绝对不是玛嘉烈，罪魁祸首，还是大男人的唐生。

唐生虽然是空军英雄，但没有忘记自己平民的身份。他一举一动都是典型的英国绅士，绅士要为美人着想，绅士不能妨碍少女一生的幸福。从他自传中写的"我知道我根本不够分量，不值得要她为我放弃"这句话，就能证实决定错的是他。

男人的懦弱，用牺牲自己来掩饰，真是可怜。玛嘉烈当年一定向唐生说过，我们走吧！是唐生没听她的话。玛嘉烈从此看不起任何男人，包括她随便嫁一个的摄影师。

玛嘉烈的悲剧，不是王室造成的悲剧，是该死的男人造成的悲剧。

疯癫

苏先生苏太太参加我们的旅行团多次。苏太太很有气质，笑眯眯的，贵妇人一个。苏先生双颊通红，吃饭时总自备威士忌，把它用一个小矿泉水形胶瓶装着，方便携带，喝酒能像他一样喝到82岁，就发达了。

苏先生一看到有什么不合水准的服务，即刻提出意见，他的要求甚高，因为年轻时早见过世面。我一一接受，看我听话，他那瓶威士忌喝不完时，就打赏给我。我也到处替他找苏打水，从前威士忌勾苏打，日本人叫为 High Ball，当今都只会勾水不卖苏打了。

早上吃自助餐，苏先生一屁股坐下，打开报纸，等苏太太拿两个碟子的食物回来，老人家才动手。我们看了好生羡慕，苏先生举高了头："教导得好嘛。"

苏太太才不理会苏先生扮威风，照样笑眯眯的，其实她看人生看得最透，一切也没什么大不了。她还会自嘲，用端庄的书法写了"一个女人十段风味书"给我，照录如下：

一、十岁之前，风风趣趣。

二、二十岁之前，风姿绰约。

三、三十岁之前，风度可人。

四、四十岁之前，风华绝代。

五、五十岁之前，风情万种。

六、六十岁之前，风韵犹存。

七、七十岁之前，风湿骨痛。

八、八十岁左右，疯疯癫癫。

九、九十岁，风烛残年。

十、到了一百岁，风光大葬。

我看了笑得从椅子上跌地。十个风，除了疯疯癫癫的"疯"不用"风"字，倒认为女人不必等到80岁，从小疯癫到老，才是女性竹林七贤，才是雌性寒山拾得。女人无理取闹时十分难顶（难接受），偶尔的疯癫，很可爱的。

方块佳人

人的乐趣,除酒色财气之外,最重要的还有一件东西,叫读书。

香港人没有耐性看长篇大论的文章,专栏的小方块,变成一种独有的文化。

明星级的,不能忘记在《新生晚报》写的十三妹,她的专栏名字跟着季节改变:《我爱夏日长》、《一叶集》、《冬日随想录》、《迎福挥春集》等等。读她的文章像喝酸梅汤,许多读者都迷上她的爆炸性文字。

她还谈绘画、文学、音乐、电影,介绍许多外国的文化,启蒙了不少年轻写作人。有个愿望,是一天能把她的作品集合出书,让不认识她的读者欣赏。

陆离的专栏不多,读《中国学生周报》时代对她认识的读者,都知道她有童稚的纯真。陆离的笔名有人说是来自"光怪陆离"一词。其实应是楚词的"佩长剑兮陆离"。她爱电影、爱文学、爱漫画。有一段时期封笔,现在又喜见她在《快报》写的专栏。陆离的文字和十三妹的完全相反,从不带一点点的火药味,看得舒服无比。

怀念《粉红色枕头》时期的林燕妮,她也很少骂人,有时对男性的愚蠢发发牢骚而已。另一个专栏《懒洋洋的下午》，读了真的会懒洋洋地进入绮梦。

亦舒用"依莎贝"笔名写专栏，面目很多：谈红楼梦、买名牌、骂男人、骂女人、骂演员、骂导演，最近有时出现比较温和的带小孩子的乐趣话题。

有个时代，她棱角尖锐，编辑先生吩咐属下不要得罪她，她未够年龄，杀人不偿命。

燕妮写《粉红色枕头》，亦舒说她要写《紫颜色底裤》。曾经沧海后，她的小品并未归于平淡，时有不饶人的佳句。

许多移民到外国的作者都失去了香港触觉，亦舒不同，无论她去了哪里，专栏还是那么好看。

亦舒家里有个遗传性的毛病，那就是时有控制不了的感情爆发，一批评起人来口无遮拦。当然，她的对象只是亲友。但想不到有一天被另一个女专栏作家把她的电话录了音，到处放送给与内容有关的人听，引起一群女作家对她作"围剿"。不过这事也被淡忘了。大家都知道是无心的，又从头和她做起朋友。

白韵琴的专栏虽然有很多人批评为"谁和谁吃饭"罢了，但是想在她的专栏里看到自己有没有出现的读者不少。她长年写作，从不断稿，写得好不好见仁见智，却是一个奇妙的存在。

另一个常喜欢骂人的是陈韵文，很少指名道姓。许多被弹的人都不知道她讲的是谁。她写得最好的是《定格》专栏。

她从来不交行货，写至最后一个字还要挤出更好的。当年没有

Fax 机，她常乘的士过海去送稿。

陈韵文也有陆离一般的童真。不，不能说是童真吧，简直是小孩子恶作剧。她住嘉多利山的时候曾有个邻居叫许冠文，不知道在什么地方得罪了她，陈韵文三更半夜地把他汽车四条胎的气都放光了。米高，这么多年后，你知道谁是元凶了吧。

读李碧华的《白开水》已经多年了，她的特点是读者从来不会感到她的文字是陈腔滥调，这非常的难得。

有个时期她跑到京都大学去钻研文学，现在多写大陆的人物和小吃，可读性极高。

阿吉林冰的专栏出现在娱乐版，她曾经告诉我她喜欢走险招。什么都写，骂到艺人牙痒痒又不敢不承认是事实时，是她最快乐的时候。

所以林冰的文章好看。

她不一定受人钱财替人消灾，有赞有弹，已达到了宣传上映片子的目的。

早年，曾经读她在迟宝伦编的旅游杂志上的文章，已知非池中之物。林冰是成功的，听说她的房子买了一栋又一栋。专栏作家中，应算是最有钱的其中之一吧。

很少看到那么多爱心的梁玳宁，不但不骂人，还整天收集秘方替读者医病。

梁玳宁有个好友是我中学的同学，患忧郁症，她找不出办法，和我商量之后，我说心病以心经医之，熟读心经，自得安乐，她好像没有公开过这个秘方。

　　蒋芸、孔昭、陈也、查小欣、柴娃娃、小不点、金虹、胡雪姬、胡雪丽、徐咏璇、张臻、谢雨凝、阿沌，还有一时记不起的女专栏作家，都是我喜欢读的。

不哭的寡妇

仙杜拉是我们的临时演员经纪，五六十岁人了，身材还是修长，衣着入时，偶尔也大红大紫，但品味高，所以不觉刺眼。看来，她只有四十左右。谁也看不出她是个孤独的寡妇。

打光、等太阳之间，我们偷闲闲聊。

她告诉我："你知道吗？我从前也当过女主角，而且红极一时。"

"为什么改行当经纪呢？"我问。

"自从我结婚后，就放弃了明星梦。"她进入回忆，"我丈夫很有钱，带我到世界上最好的地方旅行，我替他生了六个儿子。西班牙丈夫多数是大男人主义，我先生也不例外，不过，我认为这也好，什么事都不用自己决定，依靠着他，我有安全感，我感到很幸福。每天都像一个大节日，我什么都不必花脑筋，他会替我安排好。

"我嫁给他的时候只有十八岁，儿女很快长大，一个在瑞士，一个在比利时，一个跑到南非，还有些到处乱跑，一年只寄回来一张圣诞卡，连长途电话都省了。

"我又和我丈夫到地中海去，一玩就几个星期。两人在一起，好像又回到初恋那种感觉，我更离不开他。

"忽然，一天，他喝了酒，做完爱后午睡，一睡就不醒了。

"我哭得死去活来。做人反正要死的，我多希望像他那样地走。我真的不知道要怎么活下去才好，一个人。

"小女儿回来陪我住了一阵子，她是个虔诚的教徒，我自己不大相信这一回事儿，但也跟她上教堂。渐渐地，我发现天主给我很多力量，起初是一星期去一次，后来我变成要天天去了。

"有一天我醒来，穿了衣服马上想赶去教堂的时候，我想起，依靠宗教，和依靠死去的丈夫一样，我还是没有个性，我自己并不存在。发起疯来，我把家产分给几个子女，自己找到这份职位，我才有了第二个人生，这是过往所没有的。

"我再也不哭了。"

平辈

日本的一间大出版社与我商谈出我的散文集。之前的两本食评卖得不错，或有生意眼。

找什么人翻译呢？我相信自己能胜任，但是毕竟没有本国文字流畅，加上我的时间的确不够用，还是由别人去做。

经过再三的考虑和仔细挑选，最后决定请一条小百合担任翻译。

哎，她是一个脱衣舞娘呀！中国人和日本人都有这种反应。

我才不管。

小百合不是她的本名，原来叫荻尾莱穗美。日本演艺界有一个传统，是把尖端人物的名字一代代传下去，红极一时的一条小百合觉得荻尾可以承继她的衣钵，才把名字传给她。如果荻尾没有找到一个和她一样有水平的脱衣舞娘，这个名字便从此消失。

小百合在我就读过的日本大学艺术学院毕业，是我的后辈。大学中前辈照顾后辈，也是个传统。当她第一次来找我的时候，用生硬的粤语和我对谈，手上再拿着一叠厚纸，在单字拼音上作了无数的记录，我已经觉得这个后辈并不简单。

后来她再送我数本她的著作，其中有自传式的，讲述为什么喜欢上脱衣这门舞艺。从追求和学习到演出，过程艰苦、一丝不苟，搏了老命，才得到前代一条小百合的认可袭名，对她更加佩服。

荻尾对中文的研究愈来愈深，后来干脆脱离舞台表演，拿了一点积蓄，香港太贵住不下，搬到广州学中文。成绩有目共睹，她已能在《苹果》和《明报》上写专栏，集合成书，叫《情色自白》，可读性极高。

变成另一国文字，能由作者翻译作者，层次较高。我写专栏，她写专栏，我已不是前辈，她也不是后辈，我们是平辈。

老处女万岁

　　成为老处女，有一千零一个理由，多数是眼光太高，周围男人没一个像样，一年又一年地过去，等到可以降低水准时，忽然，有一天，被人家叫为老处女。

　　老处女只是一个抽象的称呼，她们并不一定每一个都是未经开苞，因为未婚，你们以为她们连那回事也没碰过罢了。

　　有位上海的长者说："女人最怕是一直被称为小姐，这是一种侮辱，好女子早就给人娶去，等什么三十多岁还给人叫小姐？"

　　说来说去还是婚姻制度的可恶，传宗接代观念的落后。西方人的快乐单身女郎，我们叫老处女，真应该枪毙。不过称之为未婚雌性动物，或者还没有嫁出去的女人，都太累赘，为了节省出版商付给我们的字数稿费，还是暂称为老处女吧。

　　看看我们周围，存在了不少所谓的老处女，她们都长得十分可爱，而凡事业有成，只是不肯嫁人，或者嫁不出去，也许是同性恋者吧。

　　女人搞同性恋我们是双手高举赞成的，什么都好，请别太寂寞。女子同性恋颇有美感，至少看起来比两个大胡子大肚皮的男人揽在一块儿舒服。

天下男人都坏透了。只有相同的雌性品种较合得来。

那么，请便吧。反正不骚扰到社会，有什么事不可做呢？切记别太过分，把对方搞得脸黄肌瘦，就太阴功咯。

做个正常的老处女，也是种享受呀。工作时工作，闲下来和朋友吃吃饭聊聊天，也许打几圈麻将，或者跟家人星期天饮茶、看场电影，多逍遥自在！

她们各自有个巢，有些爱整理得干干净净，大多数搞得乱七八糟，但都有自己的生活纪律，一旦男人侵入，便把一切破坏。

健身院、健康舞、网球等等，是老处女消除精神紧张的好去处。光顾得最多的，是美容院，凡有什么重要约会，一定先去洗洗头，吹个靓发，不然就走不出门。

美容院，已经成为都市女人的教堂。桠型的发型师傅，等于是听她们忏悔的神父。

老处女偶而也和男伴出街，男人都是次等动物，和他们烛光晚餐，简直是无聊透顶，但也得调剂一下，每一次都感叹："为什么该约我的不约我？约我的都长得像一具僵尸？"

如果一年有一次就好了，但通常都是数年才一次地出现了一个她们不觉得是言语枯燥的男人。而且这种男人都是已经有了老婆，起初不太肯和他们出去，吃过几次饭后，实在忍不住空虚，给他就给他吧，装成三分醉意，便和他们上了床。

正以为进入温柔乡，这男人像灰姑娘一样，十二点钟之前打着领带要走人。

躲在房内看电视。啊，那洋妞一个人到酒吧去，各个俊男前来搭讪，多么令人羡慕！轮到自己，哪有这种勇气？而且现在爱滋病那么流行，一失足成千古恨。

找一个好好的男人嫁了，不就免了寂寞的煎熬吗？但也不可以随便找一个阿猫阿狗呀！最好是个白马王子，啊，我要嫁一个白马王子！谁不知道你们想嫁一个白马王子？你们早在二十年前已经那么想了！

老处女自相矛盾，便堕入痛苦的深渊，这是自取的，不值得同情，这些老处女是坏的老处女。

好的老处女不是这样的，适婚年龄虽然已经过去，但她们并没有时间去介意，过得快快活活。

工作能力上，她们不逊任何一个异性。遇到蠢男人，三言两句，已经令到他们自惭形秽。

父母的催促，友人的劝喻，她们当成耳边风，但也唯唯地假装用心听，对自己的未婚，不想做太多的解释。

自己有了信心，她们的镜子前面不需要有太多的化妆品。

名牌衣服、鞋子、手袋，可有可无，戴一块小小的玉，值不值钱并不重要，心爱就好了。

她们的头发不会太短，保持一定的女性化，但也不留得长得难以整理，喜欢自己洗头，她们爱干净，常常洗，事后用手指轻轻地把头发揉干，讨厌风筒。

这种习惯大概是出自她们单独旅行的时候，几件衣服放入背囊，上路去了。欧洲到过多趟，东南亚熟悉得很，非洲冰岛比较好玩，印度也不嫌脏。

回到香港，她们会烧一餐好好的晚饭给自己吃，不然就东打电话西打电话地叫些外卖送来，每一晚都是不同的食物，贵一点也不在乎，不能刻薄自己呀！

遇到值得欣赏的男人，称心当晚就叫他们来家里过夜，哪管他结了婚没有？但是她们不会蠢到不叫对方做完善的安全措施。和打网球一样，性是健康的。

结婚的念头当然有，一闪而过罢了，反正有所谓缘份这件事。来就来，不来也不惋惜，早点来更高兴，迟的话，六七十也不打紧，只是个伴嘛。

老处女万岁。

鱼与熊掌难取舍

亲爱的蔡澜：

你好！我是你的长期读者，有人说"给成年人的信"不是你亲自回的，我想不会吧！因这会影响你的写作风格，对吗？

我今年23岁，在我公司里，我相信我喜欢上一个男经理，但是，我已有一个很要好的男朋友，他除了样子不及我公司男经理英俊外，不论人品、事业、用情专一皆胜男经理很多，而且他对我十分好。故此，我绝对不会放弃我的男友的，只是，我内心却真的有小小喜欢上男经理，与他交谈，我总有如沐春风的感觉。他常在我 Tea Time 的时候找我聊天，在我有困难时，他便主动帮我。他说他只会帮我，不会帮其他人。我想或许他有小小喜欢我吧！他曾试过送些小礼物给我，我真的很矛盾，我不想放弃我现在的男友，因我男友的好，打着灯笼也不会找到第二个，但是公司的男经理样子真的很英俊。蔡生，现在我见不到男经理时，便会想着他。你告诉我该怎么办呢？他是知道我有一个很好的男友的，我并没有瞒着他。每次同他交谈，当我提到我男友怎样怎样时他便会面色一变，顿时变得没趣。我喜欢他，只是将心事放在心里。当然，我绝对不会让他知道。

OK！请蔡生阅过此信后，给我一些意见吧！

贪心的坏女人　上

贪心的坏女人：

你不是什么坏女人，也不贪心。男人可以同时爱几个女的，女人为什么不行？

所有的信都是我亲笔回的。要赚杂志的稿费，连这一点良心都没有，怎行？问问朋友的意见，作作参考，倒是有的。

你的问题根本不是问题，从两个男人之间挑选，何难之有？要是从三个、四个、五六七八个中挑选，才有点棘手。

女人在学校里爱上老师，在公司中爱上上司，都是经常发生的事。女人爱幻想爱情，男人直接要她们的身体，这是男女不同之处，也是天性，男人要播种嘛，不然怎么有后代？

你把公司的经理说得那么好，我倒觉得他没什么了不起。至少，一个有信心的男人不会向女人说："我只是帮你罢了，其他女人我是不帮的。"

说这种话的男人当然有目的啦，你还看不出吗？

好的男人应该什么人都帮，而且不加任何条件的。

送一些小礼物给你，也表示他的爱意和礼物一样地小。真的爱你爱到发狂的话，什么都送。你矛盾些什么？一点点小礼物就能打动你的心？太贪了吧？

既然知道原本的男友打了灯笼都找不到，就应该好好地珍惜，样貌差一点又如何？喜欢漂亮的男人，银幕歌坛中多的是，你当作他们的影迷歌迷好了，这一个留做丈夫。

男人最不喜欢女人在他面前提别的男人。假若大方，女的反而觉得不关心她们之故。女人很难搞的。

祝　好!

蔡澜　上

极度猜疑 = 极度痛苦

蔡澜先生：

你好，客气说话不必多讲。我今年19岁，与现任男友拍拖五年，可是我一直都不信任他。三年前知道他因好赌而欠下一笔债，但我没有介意，并极力支持他，希望尽早从头开始过新生活。

他是当惩教员的，我一向都不信任他的同事，因为知道他们好赌、好滚，所以不喜欢他与他们来往，可是他却时常瞒着我跟他们出外玩，我心里很愤怒，但却很爱他，感觉十分矛盾！我觉得很辛苦，但又不想放弃五年的感情。以前他对我真的很好，现在却对我忽冷忽热。近来，我因为觉得他不关心我而向他暗示，大家也把问题拿出来讨论，最后他说不会再这样疏忽。

这之后，他也对我很好，虽然我很开心，可是我又为了另一件事而矛盾。几日前，我知道他瞒着我和一班同事到旺角有PR的卡拉OK玩（已是二月的事），可是我一直怀疑他有没有做对不起我的事。我很生气，而且我又觉得他有一段时间行为有些古怪，更加令我疑心起来。

我每次都以为一愤怒或不高兴就用烟和酒来解决烦恼是对的，然而我又觉得好像在折磨自己，身边的朋友个个都不赞成我再跟他一起。可惜，我还对这段感情及他抱有希望，我爱他，但又恨他所做的一切。

蔡澜先生，我究竟应该怎么做？我是否太执著？怎样可知他现在还爱我吗？是否男人逢场作戏，女人便应诈作不知？请为我解答！谢！

祝　好！

雯峰少女　上

雯峰少女：

生活在猜疑中是极度痛苦的事。

整天打探男友的行踪，惊动双方的友人，知道后，心里又不舒服，再严重些，自己推测男友的行为，愈想愈气，愈气愈急，最后只有去吊颈啦。

试试看把自己当成是对方：遇到一个问长问短的女人，为了避免她多疑，做什么事都不敢让她知道，这多无瘾？以为对得起她就是，但她三两天一次，什么事都诸多盘问，不高兴时又烟又酒，真不知可以忍受她多久！

放工之后和同事们玩玩，减低压力，但她偏偏以为是去滚红滚绿，只好再找借口安慰她，但她愈来愈不信任，感情只有恶化。

所谓"江山易改，本性难移"，恋爱中的男女以为爱情的力量可以改变一切，这种看法太过幼稚，成功的机会几乎是零。

你的男友只和同性朋友来往，有何不妥？就算去有女公关的卡拉OK，也不一定会染上艾滋回来。除非你能证实他的不忠，不然只是自讨苦吃。

你感到苦恼，问我怎么办，答案是：

一、不顾一切地继续来往，只有奉献，无猜疑。

二、一刀两断，不要留恋五年的感情，再这么拖泥带水，将来浪费的是七年、十年，甚至是儿女成群的数十年。

走中间路是最坏，永远没有救药。

你问我，男人逢场作戏，女人是否应诈作不知？是的，答案是肯定的。知道愈多，痛苦愈多。痛苦源于知道了一切可以不知道的事。你的例子，只是猜测，不肯定，算是好的了。

拍拖是开心的、快乐的，当然也会闹些小风波，但都是插曲，影响不了主题。一般人一生之中拍拖次数不会多过五根手指，好好地享受吧！要是坚持着猜疑的心态，不妨多猜疑几个，增加猜疑的痛苦，也许是你所希望的。

祝　好！

蔡澜　上

做傻女，不要做蠢女

蔡澜先生：

你好！我想客套话也不必多说了！

我今年 14 岁，暗恋了一个比我大两年的男孩子（他叫做 Raymond），他有一个相识三年的女友（叫咏仪）。本来我同 Raymond 很友好，因为我们两人性格都好玩得。而我暗恋 Raymond 的事给一个同他颇熟的"八卦"女同学知道了，她在一大帮同学面前问我这是否事实，我当然说不是啦！结果我被迫说了一个天大的谎话，告诉所有的人，我"钟意"了 Raymond 的同学阿徽。我现在和徽已"拍拖"一个多月。

而现在我很想跟阿徽讲清楚我喜欢的是 Raymond。

我有以下几个问题：

一、我是否要告诉 Raymond 我喜欢他？

二、我要如何向徽讲出事实，或者是不向他说出事实？

三、我要如何做才可令 Raymond 喜欢我？

四、我同 Raymond 性格都好喜欢玩，我又常跟他开玩笑，我怕如果我告诉 Raymond 我喜欢他，他会不信，我怎样可以令他信我？

祝身体健康！

生活愉快！

傻女 Michelle　上

Michelle：

你自称是傻女，其实你一点也不傻。你们的年纪做的都是傻事，要说你是傻女，那么你周围的人都是傻女、傻仔。

在大家都是傻的时候，你的行为是很正常的了。

你们年轻人有你们的世界，要做什么就去做什么，管什么人说你们傻呢？

要是有人骂你们傻，那么这个人一定很可怜，他没有傻过，也没有年轻过。

你不说客套话，我也不说客套话，大家平等，好不好？

如果你认为我比你大，七老八十，那么你不是傻女，是蠢女。傻女与蠢女分别很大。傻女会长大，会变成不是傻女，会变成像我一样的七老八十。但是，蠢女，是没药医的，也长不大，永远是一个白痴。

在我 16 岁时，也有一个像你一样的 14 岁少女暗恋我。当年，我也已经有一个认识了三年的女朋友。

我认识了这个暗恋我的 14 岁女孩子之后，也认为我比较和她谈得来，两人个性很接近，很爱玩，很爱开玩笑，很喜欢大笑，很感受到旁边的人都不存在。

这个暗恋我的女孩子被别人追问，她只好假装说已有其他男朋友，爱的不是我。

当我听到她已和男友拍拖了一个月的时候，我很妒忌，我希望这个女孩子告诉我，她在骗我。

我也知道她有可能在撒谎，但是我希望她能直接告诉我，其实她爱的是我。

我希望这个女孩子坦坦白白地向我说："我爱的只有你一个。"

要是她告诉我她爱我，我会放弃已经交往了三年的旧女友，去爱她。

我会想念她所说的一切。

但她把所有事都藏在心里，自尊心又令我不问她；不能爱她，她就会在我的生命中消失了。

你不至于傻到看不懂我这封信罢？

祝 好!

蔡澜 上

名利场的女人

邢慧

在邵氏拍青春歌舞片的年代，有一位叫邢慧的女演员，本名是邢咏慧，上海人，1944 年出生，在新法书院毕业，是当时顾文宗先生主办的南国实验剧团第一期学生。

邢慧在 1962 年成为邵氏的基本演员，因为素质高，和秦萍及张燕，一齐被派到日本东宝公司学习舞蹈。

返港后，拍的戏也不算少。1964 年《万花迎春》。1965 年《琴剑恩仇》。1967 年《花月良宵》、《欢乐青春》、《少年十五二十时》、《星月争辉》。1968 年《春满乾坤》、《狐侠》、《桃李春风》。1969 年《桃李争春》、《玉女亲情》、《春火》。1970 年《遗产五亿元》、《来如风》。1971 年《狐鬼嬉春》、《鬼新娘》、《萧十一郎》。1972 年《我们要洞房》。1973 年《失身》、《夜生活的女人》、《黑巷》、《夜雨濛濛》。

其中有数部由我监制，她给我的印象很陌生，是位不大流露感情的人，身边一直有位上海妇人陪伴，表情亦冷。当年女明星多数星妈在旁，邢慧也不例外。

息影之后，移民美国，据说与一个中国人的心理医生结了婚，后来又离异。

最新消息是令人震惊的。

邢慧把她亲生妈妈杀了。

抱着满身血的母亲，邢慧将尸体拖到姐姐家里，吓得姐姐晕掉。后来报了警，抓到监牢关起来。

三番四次，她以神经错乱为理由，放了出来，但又病发。听说，目前还是关在牢里，不知会有什么结果。

邢慧长得眼睛大大的，不能说美艳，但脸圆圆，精灵可爱，是确实的。

听了这种事心里总不舒服。与她同年代的女演员，嫁入豪门，被丈夫背叛的也不少。虽然悲哀，但比起刑慧，幸福得多。

白光

都说过，每次出门，回家后翻阅旧报纸，总有一两个影坛故人逝世的消息。

这一回是白光，我从来不认为她美丽，但是说到女人味，灵秀跃于稿纸上。白光的歌留世的很多，《假正经》、《等着你回来》、《三年》等，年轻人也会唱。那种迷人的低音，只能用"空前绝后"来形容，蔡琴重唱也唱不出。

只见过白光几次。十多年前香港一班有钱的上海人搞怀旧，特地请她来唱几首歌，这群人当然不像外国佬那样来一个起立敬礼，还一面吃东西一面谈生意。席中夹着几个老八婆交头接耳："已经沙哑得听不进去了。"唉！

当时，很好奇地问爸爸："白光是怎么样的一个女人？"

家父和她一起旅行过几次，算是谈得来的人。老人家回答："一说话大胆得不得了，很真，绝对不假。爆粗口骂人，也不觉她讨厌。"

后来在尖沙咀也遇见过她几次，每一回都互相打招呼。没有介绍，我不知道她怎么认出我，也许有朋友告诉她我是某某人的儿子。

如果我早生数十年，一定被这位前辈迷倒，我一直喜欢至情至性的女人。看白光少年的经历：17岁时已和"北平学生话剧团"的教授订婚（一说只有15岁）。恋爱失败后考取公费赴日本东京女子大学艺术系留学，日语顶呱呱，1942年开始去上海演唱，并首次当《桃李争春》女主角，战后到香港拍片，成为最有名的女明星，有"一代妖姬"之称。

1953年嫁了美国飞行员，她干脆叫自己老公为"白毛"。共赴东京，开夜总会，主演东宝的《恋爱蓝灯》，离婚后返港拍片，并当导演，拍了《鲜牡丹》和《接财神》。

这么神奇的一生，所遇男人无数。歌词中的"假惺惺，假惺惺，做人何必假正经"正是针针见肉地击中男人的要害，佩服得五体投地。

阿珊

和化妆师爱姐同住的是服装设计师阿珊。

阿珊也煮一手好菜，但是，她说，在家里从来没踏入厨房一步。对烹调艺术，有些人一生下来就懂得，桌上什么菜，是怎么烧，一目了然，阿珊就是这种人。

"我要你写一篇文章，赞扬我的厨艺。"阿珊要求。

"没问题。"我回答，"一食之恩，没齿难忘。"

"什么?"阿珊说，"你掉了牙?"

"不不，"我不再解释，"你烧过菜给我吃，我很感激的。"

"那么你要写些什么?"阿珊问。我说："我写你的菜好吃啰。"

"就是几句话那么简单?"

"就是这几句话，你回香港之后，有大把男子排队等你做菜给他们吃。"

"是吗?"阿珊显然高兴,多烧了一道,还帮我夹菜。

"唔唔。"我更作欣赏状。

"你还可以写多一点其他的。"她说。我问:"写什么?"

"写我人聪明。"

"OK。"我想这也是事实。

"写我只有十八九。"

"唔。"勉强一点,但无伤大雅。

"写我是全组最漂亮的女人。"

"喂。"我叫了出来,"我能违背良心,但也不能违背到那个程度呀,打个折扣吧。"

阿珊出手阔,一减半价以上:"写我样子不讨厌总可以吧?"

终于达成协议,我向她说:"最怕是这篇文章登出来之后,排队追你的不是男子,而是整群八婆,每天要你煮东西给她们吃,把你烦死为止。"

厚唇

从来不觉得安琪莉娜·祖莉 Angelina 漂亮，美国人却为伊疯狂，主要的是她有两片厚得不能再厚的嘴唇。

当今美国男人最崇拜的不是大奶子，而是嘴唇，把唇打肿，是整容医生最大收入之一，祖莉的唇，除了厚，下唇还丰满得挤出一条直线，像乳沟一样。

这一两年是祖莉的天下，电影像洪水般涌出。《盗墓者罗拉》中她没有穿什么暴露戏服，但那两盏车头灯大得像快掉出来，观众以为她的身材一定好得不得了。

但是在《Original Sin》，美国戏名叫做《Dancing in the Dark》的那部电影中有很多裸露的镜头，胸部并不诱人，像两团赘肉。镜头只拼命拍她嘴唇的特写，看起来有点像科幻片中的怪兽。

这对祖莉并不很公平，她遗传着名演员尊·威特 Jon Voight 的血液，又到演技派的学院 Lee Strasberg 学过，很年轻时演过一部叫《黑客》的电影，我们就感觉到她虽然丑，但很野，又很有个性。到了2000 年的《Girl Interrupted》里，她的演技盖过女主角，得到当年的奥斯卡最佳女配角奖。除了厚唇，演技还是被肯定的。

《骨中罪》还有机会让她发挥，但其他片子太重商业味，《Gone in Sixty Seconds》拍的尽是些跑车。《Pushing Tin》拍的尽是些飞机。为了出镜，她不太会选剧本。

祖莉演过的还有《Cyborg 2：Glass Shadow》1993、《Mojave Moon》1996、《Three Women》1997（迷你电视剧）、《George Wallace》1997、《Playing God》1997、《Hell's Kitchen》1998、《Gia》1998（电视剧）、《Playing by Heart》1998，如果你记得的话。

数十年后，有人提到祖莉，还只是厚唇，唉。

一点点

有些女艺员一直盼望见记者，机会来到，说了十分钟的话，已讲尽一生，到第二次，第三次，已没话题。

从前的大公司比较亲切，细心栽培，他们会请宣传部事先教艺员们怎么说话，说些什么。在这个即食的年代，艺员们要靠自己了。生活圈子狭小的，用来用去，只有几招：一、被扒手扒皮包。二、遇到一个轻薄的影迷。三、某某人说我坏话。四、我要把身体留给我丈夫看。五、我的初恋。六、这个故事在影射我。七、公司没有给我机会。八、我并没有和某某人扮婚外情。九、我绝对拒绝给人养。十、也是最荒唐的一句话：是此地不留人，我要到日本或好莱坞发展。

讲这些的人注定是失败的。

香港这地方有一群很厉害的记者，多年的经验累积下来，他们也很会看人。一个艺员，不管多漂亮，要是没有个性，很快地就被他们打倒。

其实制造话题并非一件很难的事，艺员们就是太懒，不肯学习。单单看新闻，每天就有取之不尽的材料。看书当然更好，要不然谈漫画也行呀。至少，八卦杂志的图片也看得懂吧。闲聊某某人穿的衣服、化的妆，已可以消磨整个下午。

有些人怪自己口才不好。口才不好？那就别吃这行饭。干了演艺行业，不好也只有训练到好为止。找亲人找朋友来当顾问，学习之后再去见记者，不就行了吗？

如果什么话题都没有，也不要紧，见记者时只要穿件低领衣服，弯弯腰，双臂向内压，挤出个半平不大的胸，也能解决问题。到底，观众要的，只是这么可怜的一点点。

画

7 月要出一次远门，准备画些东西，须带一大盒油彩，一个画架。想起来，都是包袱，有点犹豫。

还是做女人好，她们的画布，是一张随身带着的脸。

至于颜料、粉彩、画笔等，都非常袖珍，一个皮包能装入，令人羡慕。

画皮再也不是《聊斋》中厉鬼的专利，现在的女人个个会画，技术高超。

在拍旅游特辑时，请哪一位女明星嘉宾，由电视台安排，有时要到机场才知道是谁。

一次有个面黄肌瘦的陌生女子，站在航空公司柜台前，转过头来向我打招呼："我是某某人……"

"啊，你是某某人的保姆。"我正想那么说，好彩讲到你是某某人时即刻停下，因为她就是那个某某人。

这个像恐怖片中常出现的女人，第二天连早餐都不吃，等她出镜时，她还是那么仔细地一笔笔的作画。

走了出来，啊，完全变了一张脸，简直是艺术家的杰作，一个活生生的达文西蒙娜丽莎，向大家微笑！

怪不得画得那么好啦。天天练习嘛。一次花上三两个钟，多年岁月经验的累积，怎会不进步？而且她还是一个非常勤力的学生。

拍摄完毕，这女人即刻洗脸，还我真面目来，是一副没有眉毛，小眼睛、大嘴的相貌，肌肤渗透出绿色来。

"为什么那么快就下妆？"我打趣地，"花了那么多工夫，岂不可惜？"

"你是写书法的，难道每一幅字你都裱起来挂吗？"她懒洋洋地说。

这个比喻好像不太通，但又似有点道理，总之听了唯唯说是，俯首称臣。

八头美人

日本女人，昔有"大和抚子"之称，是说她们的小脚生得像两根萝卜，腰长，屁股不相称地肿大，丑死人的意思。

尤其是在第二次世界大战之后，日本女人在战败的混乱时期中，更觉得自信丧失。

这时候，日本出现了一个叫伊东绢子的女人，时装模特儿出身，会穿高跟鞋，走路也没有向内的八字脚，身高一六四公分，三围是八十六，五十六和九十二。日本人创了个新名词，叫伊东绢子为"八头美人"。

伊东跟着去参加美国长堤的第二届世界小姐竞选，上一次派去的一个叫小岛日女子的，给人家批评得一文不值，但是伊东一登场，即刻吸引各国的评判员，在四十多个国家的美女中被选为第三名。

回日本后，她当了几部电影的主角，再跑去法国学服装设计，重返东京开时装店，又投资各种企业，变成个女强人。

后来，她嫁了一个比她小六岁的外交官，丈夫退休后在百货公司任职。

伊东说："希望，是一种不可思议的药，我现在只不过是个家庭主妇，但是我从前的确是医好不少日本女人的伤心。"

阿部定

《感官世界》是由真人真事改编，日本人称之为"阿部定事件"。这部电影因为有详细的性爱描写，我们的片商们认定会被禁，连送检的勇气也没有，有许多人还没有机会看过。

阿部定听起来好像是个男人的名字，却是一宗命案的女主角，看照片她还有三分姿色。事情发生在一九三六年，一个餐厅的老板石田吉藏和当女招待的阿部定去东京尾久的旅馆。

两人在里面要生要死地做爱了一个星期，结果男的给女的用腰带绞杀了。

本来这不过是一个很普通的情杀案，奇怪的是，阿部定被抓到的时候，发现她的怀中藏着由石田身上割下来的命根儿。

事后阿部定只被判五年监，服役中她收到几百封安慰和同情她的信，多数是家庭主妇写的。内心中她们可能都想把男人那儿切掉。这是多么可怕的一件事。

出狱后，阿部定做过艺伎和舞台剧的演员，又经营酒吧等业务，八卦杂志常有她的消息。

阿部定今年已是八十一岁了，据她的外甥女说她现在置身于老人院，已隐名埋姓，过着平稳但是寂寞的晚年。

日剧女主角

我从来不觉得日剧王后常盘贵子长得漂亮，甚至认为她有点丑。

其实，所有日剧的女主角都不好看。

当我这么说的时候，小日剧影迷抗议了："藤原纪香不算漂亮吗？"

藤原一看之下的确不错，但她有点痴肥，双颊下垂，每次拍照都喜欢双臂挤胸，让乳房突出，其实穿神奇 bra 已有这种效果，何必多此一举？藤原是一个很容易被看腻的女人，一点也不耐看。

上次写文章，说《悠长假期》的女主角很丑，给一位她的影迷写信来大骂一顿。是的，她很耐看，但看来看去看不出一丁点的美态，腿又粗，事实归事实，丑还是丑，怎么反对，我还是认为她丑。

这个角色由浅野温子来演就讨好得多，她在《一百零一次求婚》中演得很出色，是愈看愈好看的那一型，但是比起真正的大美人，还是逊色。

演《东京爱情故事》的铃木保奈美应该说得上美吧？小女影迷又忍不住说。

铃木保奈美很端庄，但鼻子太钩了，鼻上又有颗大痣，不算美。她很会穿衣服，也有点气质，可是不太讨人喜欢。她上次来香港，我请她吃饭，座上的人穿的是什么牌子，她一一说出，很准，但这又代表些什么？可能本人这种个性，在角色里也表现出来，聪明得太露眼，愈教男人爱上她？

"那么安田成美呢？"小影迷作最后反击。

啊，是的，我想起安田成美了。

"你不能说安田成美不美吧？"小影迷说。

"不，不，安田很美。"我说。

"至少有一个例外。"小影迷笑笑。

我说："安田成美是韩国人，不是日本人，没有例外。"

张丽珠

从邵氏旧同事处，得知张丽珠在日前过世。想起她来，的确令人唏嘘。

想查点资料写写张丽珠，我书架上有一本《中国电影电视名人录》，查查她的身世，可惜榜上无名。

只记得她当年被选过什么"埃及艳后"的，后来当新星，拍何梦华导演，在泰国出外景的《鳄鱼潭》，当过女主角。

张丽珠有张圆脸，眼睛大大的，但是个大近视。在隐形眼镜不流行的年代，她只有戴着厚框的眼镜，把光芒也遮盖了。

后来没有什么导演肯用她，就转为幕后工作人员，从剧务做起，到助理制片，在我手下任职过一段时期，工作态度非常认真，任劳任怨，也学会了喝酒。

我一向认为会喝酒的制片，才是一个好制片人；不会喝酒的，一定是个不负责的。

花那么多的精力，从来没有人称赞，有什么不好的，又全部怪在制片人身上。所以能够休息时，就要借酒消愁了。

张丽珠一喝就醉。她的哀愁，实在太多。

记得她很孝顺，只有一位母亲，样子比黄曼梨还要凶，住在片场的小孩看到了都发恶梦。张丽珠没嫁人，一定给她妈妈逼得快要疯掉，工作和家庭的压力，不是一般女孩子可以承受得了的。

电影不拍后，张丽珠做过餐厅的经理。所谓经理，也是什么都要做的那种。大师傅的脸色，也不好受。

一直觉得她的命不好。有些人会愁眉苦脸，但张丽珠总是瞪大了在厚框眼镜后的大眼珠，作一个强笑状，有点像电影《大路》的女主角那么可怜。

张丽珠应该有五十多岁了吧，死了也好。苦命的人，别活太久。照我知道，这世上她已没什么亲人，就让我们这群老友，送她一程吧。

Keira knightley

美女看得不少，能够令我们眼前一亮不多，近来只有英国的 Keira knightley。

也许你不记得，她就是 *Pirates of the Caribbean* 那个女主角。也在 *Love Actualldy* 里演过一段戏的美少女。处女作是《我爱碧咸》（*Bend It Like Beckham*）。

美是一回事儿，香港影坛也出现过一些，但就是没有气质，戏里还很好，一接受电视访问，那种没知识的内容和咬牙切齿的表情，一看就呕心，即刻露出一个骗人的躯壳。就算你每天和这种所谓的"美女"在一起，言语无趣，闷都闷死你。

Keira 不同，父亲是个舞台演员，母亲为剧作家，她从小在演戏界浸淫，又拼命读书，在十九岁时，已被好莱坞认为是一个宝藏，前途无量，但她并不自傲。

"我和我父母很亲近，"她说，"从小就想学他们做的事。这是理所当然的，反叛来干什么呢？他们教我做事要勤力，做人要谦虚。我相信我的父母，照这条路去走，没错。"

新戏拍完一部又一部。*King Arthur* 会是今年暑假的重头戏，她现

在又在拍一部叫 *The Jacket* 的，演一个酗酒的女人。

经理人把她塞到导演手里时，导演把她叫来，向她说："你会演戏吗?"

Keira 回答："你这问题问得好。我也不知道我会不会演呀!"

通常一下子红透半边天的新人，一定摆架子，迟到早退，但她一点也没有这种坏习惯，一心一意想当个好演员。

到了圣诞节，父亲送她的礼物是一些关于演技的书。

"他一直提醒我还是很不成熟。"Keira 笑着说，一点也不介意："我是太年轻嘛，给我多几年吧，我现在的确没资格当一个演员。"

鳄渊晴子

十六年前，鳄渊晴子已经发表了她的裸体写真集，内容比较我们最近看到的还要大胆得多。

鳄渊来头不小，她父亲是个著名的小提琴家，所以她从小就拉得一手好梵亚铃，在三十多年前就主演了一部《小浓爬上云端》的电影，表演她最拿手的琴艺。

不过，鳄渊一生的路途并不平坦，她拒绝给人家安排她的生活，在一九六六年曾经失踪过一个时期，当时追求她的公子哥儿一大群，结果她嫁给服部时计店的少东，你到银座，在最旺的十字街头有个钟楼，那间最高级的店铺就是服部时计店。

不到六个月，她就和丈夫离婚了，理由又是不想被束缚。

拍裸照的时候有人批评她说不会演戏才脱衣服，但是鳄渊不在乎，继续拼命工作来表现，甚至发觉了自己患上子宫癌，还是不眠不休地演舞台剧，本来医生们已经断定她没有命的，可是她坚强地活下去。

今年她已经四十一岁了，在新桥演舞场主演《好色一代男》中的一个会拉小提琴的艺伎。鳄渊还是很天真地说："我的悟解力比人家慢，所以到现在还以为自己十五六岁。"

松田英子

大岛渚的《感官世界》上映至今，已有十年了。这部第一次以剧情取胜，又有真刀真枪做爱的电影，当时引起一场轰动。

至于女主角松田英子现在在哪里，倒没有人知道。

最后的消息是她和大岛渚一起出席康城影展的《战场上的快乐圣诞》的首映礼，以后就失踪了。

松田有她的独特人生观。

她曾经说：

"我不想结婚。"

"我喜欢小孩子，真怪。"

"我爱的人，不一定和他结婚。"

"到底要和谁生孩子，那是女人自己会去决定的事情。"

拍完《感官世界》之后，松田英子曾经主演过几部片子，但是没有什么特别的表现。

今年松田应该也有三十四岁了。问大岛渚她的近况如何，大岛摇头称不知，但是他说道："当时松田曾经提到要在巴黎生活，她是一个思想成熟的女人，做人有自己的主张，才敢那么大胆地拍我那部戏；我想她目前的生活不会坏到哪里去。"

名取裕子

名取裕子主演过《序之舞》中的女画家、《吉原炎上》的艺伎，为日本首席女演员之一。

两三年前，她参加新加坡亚洲影展，顺道来此，对香港印象极佳，尤其是食物。

我们看她吃东西，每一道菜都扫得干干净净，把自己那份分了给她，说也奇怪，又擦光了。最后来个荷叶饭，每个人都献上，她吃了六包，将剩下的四个打包拿回酒店，说是等明天当早餐，但翌日听她的经理人说，名取半夜三更由床跳起，把那四个荷叶饭吞了，才睡得安稳。和名取吃饭是一大喜事，我们再不叫她名字，称她"大胃"。名取也常自嘲："蔡先生对我的外表一点兴趣也没有，他只喜欢我的胃。"

这次她来拍我们的《阿修罗》，只是象征性地收了一点片酬。她说她实在太爱香港的中国料理。在记者招待会上，大家最想问的是："你对拍床上戏有什么感想？"名取也大方地回答："所有日本的第一流女演员都脱衣服。""但是香港女演员就不那么想。"记者说。"或者我们的看法不同。"名取说，"在日本，裸体不裸体不是问题。演技好坏才是关键，观众不会因一个女演员脱了衣服，就认为她只能演黄色片的。"

陈小姐

第一次遇到陈宝珠小姐本人。

何太太来吃越南东西，和她一起到九龙城的"金宝越南餐厅"去，我做陪客。

陈小姐温文尔雅，名副其实的淑女一名，样子还是那么美丽。

人生总要进入的阶段，陈小姐的也来到了，她给我的感觉只能用英文的"graceful"来形容，字典上这个字译为"优雅的"、"合度的"，都不能表达。

前几天晚上我们一班人吃饭时也讨论过"grace"这个单词，研究了它与宗教的关系，是上帝的恩典。A State of Grace 更是上帝恩宠的状态。如果用中文的"天赐"，也俗了一点。

餐厅吴老板要求与陈小姐合照，作为私人珍藏，由我抓相机。拍后我也不执输，和她一起拍了一张，大叫："发达啰！"

饭后驱车到花墟散步，陈小姐没有来过，处处感到新奇，花名问了又问。

"这是什么？"她指着一堆植物问。

"猪笼草。"我说，"由荷兰进口，改了一个'猪笼入水'的名字，卖得很好。"

"香港人真会做生意。"她说。

这时出现了一位中年妇女，兴奋地招呼宝珠姐。陈小姐转身一看，即认得她，向我说："是我的影迷。"

影像即刻出现了两帮人大打出手的回忆。陈小姐问她："今年多少岁了？"

"47。"她含羞回答。

"姐姐呢？"陈小姐还记得。中年妇女即刻用手提电话联络，陈小姐亲切地和她谈了几句，收线后告诉我姐姐当年更是疯狂。

中年妇女还讲了一个秘密，原来陈小姐是懂得种花的，但她一直没提起。

"叫我宝珠或英文名字。"她向我说。

我微笑不语。叫陈小姐，因为在我们的心目中，她永远是小姐。

印度西施

印度小姐彭美拉弄得英国人神魂颠倒，又是一个例子证明印度人是很美丽的。

十多年前，《时代》杂志的封面刊登了一个叫戴薇的女演员，也令人对印度西施刮目相看。记得很多朋友都将她的照片剪了下来贴在墙上。

我后来看了几部戴薇主演的电影，发觉她的面貌的确是漂亮，但身材有些痴肥。我们可能认为这是缺点，但是印度人眼小，她是完美的。

印度人爱胖女人，影响到我们唐朝人的独钟。这种心理不难明白，可能是自古以来，他们的床都不是席梦思。

有一年，我和一位导演去印度拍戏。在飞机上，他已经一直在嘀咕，说什么印度没有好东西吃，女人又黑又丑，酒店一定没有厕纸等等。

抵达后，发现酒店极尽豪华，咖喱美味无比。

在大堂徘徊时，看到一个由喀什米尔来的女人。白皮肤、小嘴，鼻梁不太高，两颗大眼睛是深蓝色的，细腰、长腿、大胸、臀圆，她简直是天下最美的，我们都看得目瞪口呆。

走过两个印度男子，看了她一眼之后，竟然摇摇头，用英语向他的外国友人说："太瘦了，太瘦了！"

泰后

八月十二日是泰国王后诗丽吉的生日，也是全国的母亲节。她生有四个儿女，并已有外孙，今年五十一岁，还是那么美丽高贵。

诗丽吉的父亲是外交官，曾任驻英法的大使，她从小在外国长大，精通各国语言。年轻的国王在瑞士留学，最喜欢音乐和跑车，有次直奔巴黎，住在大使馆中，邂逅了这位漂亮的少女。车子驾得太快，终于出事，诗丽吉朝夕守在病床，两人似在神话中永远快乐地生活下去。

出国访问时，受外国记者包围，他们最喜欢两个问题。一个问题是：王后对国王有没有影响力？

她回答道："绝对没有，陛下影响我才是真的。泰国的传统，太太最好相信丈夫，从不干涉他的事业。"

女记者们不以为然，男记者却热烈鼓掌。

另一个问题是："泰国女人在什么时候，才能与男人有同样的权力？"

"我们自古以来都是男女平等的。"她很风趣地答道，"我们虽然没有什么妇权运动，但是从来不自卑。"

五轮真弓

　　五轮真弓长得美，这么说有人反对；同样一头长发的克丽丝桃·姬尔非常漂亮，这么说没有人不赞同。但是将两个人的演唱会摆在一起，你就会发觉前者越来越顺眼，后者则逐渐平凡。美的定义，应该是较有内涵、较能耐看、较为永恒。

　　在五轮真弓的散文集中，她说"歌手作曲家"并没有什么了不起。她的看法很对。自己作的曲子，唱来感情直接。听众的水平已高。把人家作的歌唱出的时代已经过去，新的歌，将会是作曲、填词、唱者三体的结合，西蒙和加范高在中央公园演唱，就证明了这点。

　　真弓的歌词，少不了夕阳、背影、空虚和寂寞的陈腔，可是总有神来之笔，如"沙石路上马拉松跑步者的经过"、"海鸥也在取笑我"等等，非常清新和形象化。

　　日本歌手的毛病，是把每一曲都颤颤颤、抖抖抖地唱出，有些港台歌者还去学这个坏习惯。五轮也用颤音，不过她聪明地将法国小调的自然颤动加入，潇洒自如。

　　听她的歌，最自私也是最好的想法是，在一间烟雾朦胧的小歌厅，不用麦克风唱出。那是多么高级的享受。这一来，她不顾虑群众的爱憎，一定更纯朴自然，走入一个新的境界，作品必然不朽。

"如果不认识我，却受我的歌感动，这是最能令我高兴的。"她说。那她的歌能受中国听众欢迎，她的确应该高兴。她的音乐，透过翻译歌手流行，起初没有人知道她是谁。

有些人说演唱会的她，非常木然，不如听她的唱片，这真荒谬。其实在舞台上，唱抒情歌的时候静，对热门曲子她是那么活跃。忽然，她将麦克风电线跟着拍子摔动三下，是多么的高傲；注意到每一个被冷落的小角，是多么的可亲。要是说木然，那倒是听众。我们总是拘谨，不勇敢去跟着节奏拍掌，没有放怀去享受她的音乐。

濑户内寂听

多年前，《料理的铁人》在京都举行过一次国际厨师大赛，评审员之中，竟有一个尼姑，叫濑户内寂听。

这位名人很有趣，言论不高深，求她给意见的人，当她是一个心理医生多过一个师姑。我单刀直入地问："每一样菜都要试，你能吃肉吗？"

"佛经中也没有说过不能吃肉，人家布施，有什么吃什么，但不可以杀生。"她回答说。

"这有什么分别？"

"想通了，就有分别。"她说。

她住持的庙叫"寂庵"，每月有一次说经，信者很多，都喜欢听她的讲解。我答应过带团友们去京都抄经，想起了她，打了电话去。

"欢迎欢迎。"她说，"你们到的那天我不在，但尽量安排大家来庙里抄经。"

过了几天，她又来电："我已经推掉约会，在庙里等你。"

抄经的过程只是把一张纸铺在《心经》上面，用毛笔临摹，但要坐在榻榻米上。266个字很快抄完，如果能忍，将会得到一片宁静。

关于《心经》，濑户内寂听曾经说过："我出家三四十年了，也只学会《心经》（笑），其他经太长，又难记，我受不了。"

"你到底领悟了什么？"我问。

"那个'色即是空'的'空'字，是'有'的相反；意识到了物质的存在，就是'有'，没有那种意识，就是'空'。举个例子，我在写稿时，工作人员拿了一杯茶给我，我一点也没注意到。后来写完了，忽然看到面前有一杯茶，这就是'有'。以此类推，如果我们不去注重人间的生老病死和爱恨别离，那就是'空'了。'空'是一件值得学习的事。"她说。

这回带大家去抄经，除了她的解释外，我还会用我自己了解的一套，尽量给各位讲解，虽然没有她高明，但至少是广东话。

Rym Brahimi

最近，在 CNN 已看不到 Rym Brahimi。

在战争之前，她已在巴格达报道，后来被侯赛因赶出去。美国和伊拉克打仗时她又回来，在弹林炮雨下勇敢采访。

Rym 不算长得很美，非常有气质和个性的一张脸孔，太阳下她眯着眼睛，到了晚上张得大大地，报道之余，还有强烈的己见，给观众留下一个深刻的印象。

姓氏 Brahimi 给人联想到联合国的特派专员 Lakhdar Brahimi，安南最得力的亲信，原来 Rym 是他的女儿。

父亲为阿尔及利亚人，母亲南斯拉夫人，Rym 说流利的法语、意大利语、阿拉伯语。大学读英国文学，后来在巴黎大学修政治，再得到纽约哥伦比亚的新闻系学位。

Rym 在报道新闻时英语纯正，但带点阿拉伯人口音，非常动听。我最喜欢看她，当今由一个又胖又丑的女人代替，我就没兴趣听下去了，连立场也改为反美。

为什么 Rym 要辞职？嫁人去也。是什么人才能驯服这么厉害的一个女人？

答案是约旦王子亚里。亚里是当今国王的弟弟，母亲阿莉亚王后在一次直升机事故中丧生，令到国王胡辛更痛爱这个孩子。

亚里王子掌兵权，但只有二十七岁，而新娘子有多大？看起来最多不超过三十，真正年龄相当神秘，Google 网上有一个问答站，就在猜她几岁。后来根据她在哥伦比亚大学的学历，查出她没三十六七，也有三十四五了。

异族通婚，在皇室中已难被接受，而且还要娶一个比王子大十岁的女人，应该是被周围人反对的事。如何排除困难，甚有趣。

喜欢的人，并不一定要见面，关心他们的消息，看他们成长，已经够了。古人可以结交，今人也能做朋友。

生活中的女人

平姐

平姐是我另一位世伯的老佣人，做了 30 多年了。

世伯已经当她是朋友、亲人，一切分享。平姐要退休，世伯不许，平姐拗不过，也就留下。

饭后，主人和来客总分析一些香港时局，谈论购买股票的心得。平姐极为聪明，听在耳里，最初购买一些散股，后来越买越多。

因为全凭直觉，顾虑不多，买起来顺手，加上运气，说起来你可能不相信，这几十年累积下来，平姐已有一千万港币的身家。

平姐是世伯们叫她的，她有个外号，叫"六十姐"。我问世伯说人家叫她六十姐，是不是因为她已 60 岁。

世伯笑道："平姐手阔，她一到股票行，经纪们马上围上，听完价钱后，平姐拿出一本支票簿，请经纪们为她填上银码，自己签上个名，'平'字上面加了一点，又写得支离破碎，看起来像'六十'，所以大家都叫她六十姐。"

主人家爱吃榴莲，平姐也上了瘾，常在加连威老道最贵的那几家

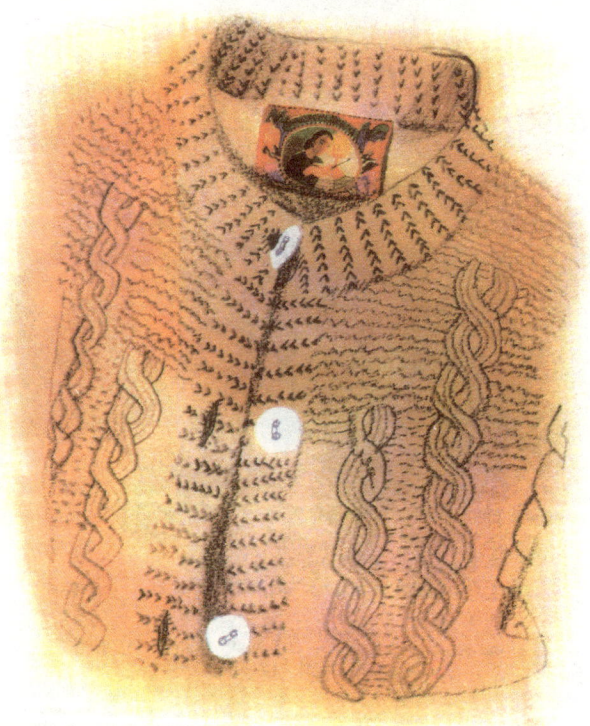

水果铺看到她在选购，嗅一个又一个，比专家还厉害。除榴莲，平姐也好其他山珍海味。

平姐生活无忧无虑，唯一担心的，是胆固醇太多，患上了心脏病。

中佣

白衣、黑裤、留长辫、终身不嫁的中国女佣到哪里去了？再也找不到她们。为什么她们总爱穿黑绸仔，硬硬地，洗多了就变褐？

当你需要她们的时候，就出现在你眼前，这是一种多么神奇的存在！

善观脸色，不是形容她们会讨好主人，而是名副其实地考察少爷少奶们的起居。听到咳多两声，即刻今晚有清肺的汤喝。头有点痛，她那盅天麻炖猪脑，足足花了数小时的准备。

从来不放假，过年也没有要求双粮，最多，剪匹"绸仔"给她们表示心意，已很满足。

买菜时从不打斧头。最坏的例子，不过是偷一点家里的发菜海参之类，和几个姐妹偶而分享。

小孩子都给她们带大的，是半个母亲，三分之一个老师，百分之一百的爱。

赚到的钱，寄回故乡，不知她们的亲人是谁，但总是贪心地不停要求汇款。她们每个月还是照样寄去，从不抱怨。

太伟大了，中国女佣，简直是国宝，对于她们的消失虽是遗憾，但总是为她们不必挨苦而欢慰，她们牺牲的，实在太多！

契妈

和洪金宝认识至今，已忘记有多少年了。

最初合作，是拍《福星高照》。东京的外景中需要些横街小巷，而我最熟悉的区域之一叫神乐坂区，是当年艺伎集中之地，还保留着江户年代的味道，正是导演洪金宝心目中的气势，一看就决定在那里拍摄。

夜景工作人员打灯光需两三小时，我就把洪金宝带到一家我常去的小店吃饭。

这家木造的建筑物有两层，上面宴客厅，没有十几个客人一起吃饭就不开放，楼下有个寿司吧，最多可以挤满 10 个客人左右，通常也只坐 8 个人。

这家餐厅的女人从前是这一区著名的艺伎，老了变成肥婆一个。物业是她自己的吧？和女儿两人经营，算是赚一份人工，生活也相当快乐逍遥。

寿司吧最大的开销除了进货之外，就是站在柜台后面那个大师傅的工资。没有经验的人是不会切鱼生的，这还不是最大的伎俩，和客人交谈，吸引他们再来才是真功夫。后者那个胖女人自认有把握，做了那么多年应酬高官政要的艺伎，还对付不了几个食客？

但是切鱼生和捏饭团需长时间训练，怎么办？老板娘想出一个办法，那就是在筑地鱼市场买到什么，就原原本本推给客人吃。像一盒海胆，也不必分了，干脆整个丢给你，你吃不完打包。八爪鱼也是买煮好的，像柚子那么大的一团扔在你面前。每一客算你多少钱，老早已经有的私房菜。

客人也觉新鲜，以前怕贵不太点菜，来这里吃个过瘾多好！洪金宝这位大胃王，更是对这家店一见钟情！

老板娘也对洪金宝一见钟情，因为日本胖的人不多，她一看洪金宝身形，像认出亲人，决定结拜，成为洪金宝的契妈。

何妈妈

奇怪吧？我也有过一位星妈。

当我很年轻，很年轻的时候，监制过一部叫《椰林春恋》的歌舞商业片，全部在马来西亚拍摄，没有厂景。

女主角是当年最红的何琍琍。

电影、生活照看得多，本人没有见过，由公司派来。

听到关于她的消息，不够她妈妈多。

何妈妈是最典型的星妈，而当年的星妈，集经理人、宣传经理、保姆于一身，其权力和势力，绝非当今影坛所能想象得到的。

电影圈中人，都说琍琍很随和，没有架子，亲切可爱；最难搞的，是何妈妈。

年轻时天不怕地不怕，兵来将挡，何妈妈会有什么三头六臂？

我们先到，把外景地看好，接着便打 Taxi 回香港，那边说由新加坡转国内机，晚上某某钟点抵达。

在小地方拍戏，大明星来到，是轰动到可以调派政府军的地步。我们的车辆直驱机场跑道，去迎接她们母女。

螺旋桨的小飞机抵埠，舱门打开，机场工作人员把扶梯推近，走出来的第一个人，便是何妈妈，她一身白色旗袍。最受注目的，也是印象最深的，是她戴着的白帽子，是貂皮做的。我的天，在南洋的大热天中！

接着是琍琍。记者的镁光灯闪个不停，何妈妈向各位微笑挥手，做足国家元首状。琍琍的样子依稀可在妈妈脸上看到，只是妈妈很瘦，变得脸有点长，两条腿在旗袍外，像鸡脚。

我这种小监制，当然不看在眼里，没打招呼。

一路回到旅馆，门外已挤满了影迷，至少上千人，根本就走不进去。当地警察开路，影迷不肯退让，只好用卡宾枪的枪柄来撞，看到有些人被打得鼻青脸肿，还一直呼喊着琍琍的名字。

等到深夜，终于得到何妈妈的召见。

已下了妆，脸色有点枯黄，头发短而松，脱了帽子的关系，凌乱得很，样子实在吓人。

把手上那本人手抄写油印，封面四个红大字的剧本放在桌子上，何妈妈施下马威。

"你知道，我们琍琍，是当今公司最宝贵的资产？"

"唔。"我回答，"怎么啦？"

"你难道没有看到，剧本上有一场在海边游泳的戏？"

我以为何妈妈要反对琍琍穿泳衣，但又不是。

何妈妈说：“你这个当监制的，做好准备了没有？”

“什么准备？”我给她弄糊涂了。

“海里有鲨鱼呀！”何妈妈宣布，“万一我们琍琍被鲨鱼咬到怎么办？”

“浅海里哪来的鲨鱼？”我反问。

何妈妈翘起一边眉毛：“你能保证？”

“这种事怎么保证？”我也开始脸红。

“所以问你有没有做好准备呀！”何妈妈的声音也越来越尖，“你可以叫人在外面钉好一层防鲨网呀！最少，你要应该准备一些鲨鱼怕的药水，放在水里，鲨鱼才不敢来咬我们琍琍呀！”

已达到不可收拾地步，我爆发：“这简直是无理取闹，你们琍琍要拍就拍，不拍拉倒！”

这时候何琍琍走了出来，没化妆，还是那么美艳。她每讲一句话都像撒娇：“妈，那么晚了，快睡觉了吧，明天一早拍戏，蔡先生还有很多事情要做，别烦人家了。”

何妈妈才罢休，临行狠狠地望了我一眼，尖酸哀怨，令人不寒而栗。

倒祖宗十八代的霉，隔天就要拍这场游泳戏。

摄影组拉高三脚架，灯光组打好反光板，男主角、导演、助演、场记一群人都在那里等待，但女主角不肯下海，就不肯下海。

珋珋穿着蛮性感的泳衣，身材一流，好莱坞明星比例都不够她好。

但是没有妈妈的许可，她不能动。

快把大家急死的时候，我领先脱了衣服，剩下条底裤，扑通一声，跳下了海，向何妈妈说："鲨鱼要咬，先咬我！"

众人望着她们母女，何妈妈最后只有答应珋珋拍这场戏，珋珋望着我，笑了一笑，好像是说我有办法。

之后整部戏很顺利地拍完。何妈妈也不像想象中那么难应付，她出手大方，差不多每天都添菜宴请工作人员。

杀青那晚，大家出去庆祝，我留在酒店中算账，从窗口望出，见何妈妈一个人在走廊徘徊。

原来何爸爸也跟着大伙来拍外景，而何爸爸在吉隆坡有位二奶，临返港之前和她温存去也。

我停下笔，走出去，把矮小枯瘦可怜的何妈妈抱在怀里，像查理·布朗抱着史努比，何妈妈这时才放声大哭。

从此，我变成了何妈妈的儿子，她认定我了。

电影圈中，我遇到任何困难，何妈妈必代我出头，百般呵护。何妈妈虽然去世得早，我能吃电影饭数十年，冥冥之中，像是她保佑的。

阿心姐

朱伯伯是个有福之人，阿心姐为他服务了三十多年。家中两位公子当今是广告界的名人朱家欣和朱家鼎，都是由阿心姐带大的。

一家人也对阿心姐很尊敬，两兄弟长大后却不叫阿心姐，改口称她做"老臣"。

阿心姐是广东人，这些年来，她成为浙江菜高手，所做的鲥鱼，比上海人更上海。

不大见阿心姐放假，但她一星期总和几位姐妹聚一聚，大家出一份积蓄，在钻石山买了间小屋子，乐融融地叙旧。

朱伯伯夫妇到了美国几年，阿心姐也清闲了一阵子，现在两位老人家返港定居，阿心姐也照样回来服侍他们，好像没有停过。

阿心姐的特征是爱笑。就算什么小事都能让她开心一阵子。

偶而，她也和朱妈妈及几位邻居打几圈小牌，她脾气好，输赢总是笑哈哈地，露出几颗金牙。

"阿心姐，现在金那么贵，小心晚上给强盗拔掉。"

我常喜欢打趣。

阿心姐又笑得从椅子上掉下来。

看她样子，比我幸福得多。

大头妈妈

阿寒湖的这家酒店，尽量讨好客人，招呼无微不至，晚上还摆了两个免费的饭团让人当宵夜，半夜起身写稿，视为恩物。

晚宴食物应有尽有，单单螃蟹就有刺身、白灼、炸烤等等，大师傅把蟹脚的壳拆开一半，用刀切出细纹，浸在冰水之中，使它开花，是很高的技巧，一般的大厨师做不到。本来应该吃饱，奈何忙着聊天，才吃饭团。

对着稿纸，想起在晚餐出现的女将，所谓"女将"是旅馆的灵魂，兼质量管理，大小事一切包办。

这个女将长得还有三分姿色，一身名贵和服，那条腰带已值日圆百万以上，但大家注意的是她的发式：梳成足足有一个足球般大。众人都说是假发，不然每天不知要花多少工夫在头上，叫她为"大头妈妈"。

"辛苦你了。"见她忙得团团乱转，我说。

"唉，"她叹了一口气，"谁教我嫁给这旅馆的老板呢？当它是一份职业了，这是我们日本人一贯的办事精神，要做就做好它。"

"一个女人负责这么大的一家旅馆，真是了不起。"我赞许。

她说："但是问题出在我应该站在哪一边。要客人满意，就得多花本钱，每天和我老公吵个不停，矛盾得很。"

"对客人细心，已经足够。"我说。

她那个大头，摇了又摇："有时，也得随机应变。"

团友们觉得那双筷子很好用，夹食物不溜，掂重量恰好，手感极佳，问我是什么筷子。我一看，是樱花木制的，很名贵。

大头妈妈即刻向众人宣布："筷子用完请拿回家。"

团友大喜。"又要和老公吵了。"大头妈妈笑着说。

苏美璐

为我的书画插图的人，叫苏美璐，是位不食烟火的女孩子。

样子极为清秀，披长发，不施脂粉，身高，着平底布鞋。

不知什么时候开始，我们之间产生了很强的默契，每次看到她的作品，都给我意外的惊喜。

像我写了墨西哥的一位侍者，她没见过这个人，但依文字，画出来的样子像得不得了，我拿去给一齐去墨西哥拍外景的工作人员看，他们都把侍者的名字喊了出来。

画我的时候，她喜欢强调我的双颊，样子十分卡通，但把神情抓得牢牢。

办公室中留着她一幅画，是家父去世后我向诸友鞠躬致谢的造型。全画只用黑白线条，我把画裱了，将旧黄色和尚袋剪了一小块下来，贴在画上，只能说是画蛇添足，但很有味道。

写倪匡的时候，她为我画了两张，其中之一，倪匡身穿踢死兔夜礼服，长了一条很长的狐狸尾巴。倪匡看了很喜欢，说文字虽佳，插图更美，要我向苏美璐讨了，现在挂在他的三藩市家书房中。

时常有些读者来信询问她的地址，要向她买画。美璐对自己的作品似关心不似关心，画完了交给杂志社，从来不把原稿留下，倪匡的那两张，她居然叫我自己向《壹周刊》要就算了。

美璐偶尔也替《时代》周刊和《国泰航空》杂志画插图，今年国泰航空赠送的日历，是她的作品。

问美璐为什么住大屿山，她说生活简单，屋租便宜，微少的收入，也够吃够住的了。

我在天地图书出版的一系列散文集，因再版多次，可以换换封面，刘文良先生已答应请美璐重新为我画过，相信她会答应。

今年年底，她与夫婿搬回英国，我将失去一位好朋友，虽未到时候，人已惆怅。

郭太

到九龙城菜市场的三楼吃午餐，习惯性地经过二楼的"荣记烧腊"。铺子空空，至今两三个月了，还没租出去。

"荣记"是九龙城区卖叉烧和烧肉最出色的一个档铺。我从几十年前向郭老板买起，一直到他因病逝世，郭太勇敢地承担起来，照顾着父母和子女；每周数次，从未间断。

"蔡先生，这个月底就不做了。"有一天郭太向我说。

理由是郭太的烧腊工场开在市区里面，当今政府要她搬到新界郊外，另购一批新炉的投资巨大，只好放弃了。

九龙城少掉那么好的一家烧腊店，逊色了不少。

想想，也是好事吧？郭太的子女们，我由小看到他们长大，有的已留学，有的毕业，有的嫁人，当今全家生活无忧，郭太也应该休息一阵子，享享清福了吧？

但是要命的是吃不到那块烧得略焦的半肥瘦叉烧，和表皮脆卜卜的烧肉，还有卤得极柔软的猪脷，现在想起来，流涎不止。

那么一种深奥的学问，多珍贵的一种饮食文化，就此消失，是我觉得最遗憾的一件事。如果郭太还有兴趣的话，我可以帮她在九龙城开一家小铺，继续经营，但是工场牌照是一个问题，有待解决。

在外国，这种人才是宝，郭太一定被大机构请去当顾问，提高大量生产的素质，有她的经验和味觉神经，一定做得到。

烧腊并非高科技，基本每一个人都会学习，但是怎么烧得最好，是从每一天的辛劳累积下来的学问。

在旁的地方一吃到次等的叉烧，就想起郭太，想起她娇小的身体，一面把大条的骨头斩开，一面教子女们做功课。

那形象，太美了。

阿婆

基本上，我是歧视女人的。

我讨厌没有教养的女人，连一个"请"字都不肯用的女人。我更憎恶整天造谣、无所事事的女人，就像我歧视和她们同种类的男人一样。

自力更生的女人我怎会歧视？

像"北京水饺"的臧姑娘，她只手来香港立足，把一种最基本的食物搞得有声有色，最近她还在新界建一个大工厂，将北京水饺反销到北京去。

像方太，和先生离了婚后，靠烹调技术，把几个孩子都养大，她做的电视节目，有谁没看过呢？

像"糖朝"的老板洪翠娟，年纪轻轻地出来创业，亲自下厨磨豆沙，把在街头卖的糖水高级化，现在她的店铺，已闻名于日本。

我当然也佩服张敏仪，她将一个政府的电台搞得不像官方喉舌，是多么艰难的一项工作。

同样的传媒，有俞铮主掌的商业电台，老板何佐治先生大可安枕无忧。虽然，俞铮的举止并不像一个女子。

亦舒更用一枝笔，便能创造出玫瑰、家明等脍炙人口的角色，她的小说风靡了能看得懂中国文字的少女，为自己的家庭带来很大的财富。

不一定有知名度，也不一定在事业上有成就的是美术指导马光荣的太太余洁珍，她把一个家庭安顿，孝敬外公外婆，亲自为儿女做衣服，晚上有点私人时间，跟我的师兄禤绍灿学习自己喜爱的书法。

为我作插图的苏美璐更是我钟爱的，她的艺术一直保持一份童真，是很难得的存在。现在她住在伦敦，作画之余，还在修道院照顾年老的修女，当为副业，这个工作对她来说并不辛苦，因为在宗教气氛下，她能领悟到许多人生的道理。

我的新居附近有许多家卖报纸的，我总走到一位老妇的摊子光顾，她的背已驼，每天一早出来做生意，计算之精明，胜过在麦当劳收银的小子。

这些女人的生活背景无一个相同，但是在她们的嘴中永远挤不出一句话，那就是："我们要求男女平等。"

写过一篇叫"颜善人"的东西，有线电视的人打电话给我，要我介绍这位九龙城的传奇人物，说想拍一辑记录片。

颜善人的故事可以拍摄的材料很多，但还比不上另一个九龙城的小贩。

我从来不知道她叫什么名字，只知她带了大藤篮，在街道边摆卖。

看内容，是几条薄薄的白色面巾，写着"祝君早安"四个红字。这种价钱最低廉的制品，流行至今，也有它的道理。磨擦在脸上的感觉是原始的、基本的、舒服的。不像高级质素的面巾，水分永远挤不干，就算全部以毛线织成，还以为含有大量的人工尼龙。

小贩今年应该有八十几岁了吧，一头白发，面上有数不清的皱纹。太阳下山了，回去休息休息。

"阿婆，那么辛苦出来卖东西，能赚几个钱？"我经过她的摊子时，听到街坊的妇人好心相劝。

"够三餐，够三餐。"老妇笑着，"不，其实应该说够一两餐，年纪大了，吃的东西不多。"

"那领取政府救济金好了。"街坊说。

阿婆回答："我还能动，留给那些更需要的人去拿，我要来干什么？"还能动？我看过她的背影，八着脚一步一步往前踏，哪说得上"还能动"三个字？

忽然，她像一支箭地飞奔。

原来有个年轻人经过，看她可怜，扔下一个十块钱的铜板。

阿婆追了上来。那人转头一看，惊骇大叫一声，拔脚逃跑。阿婆继续穷追，我也跟上去看热闹。

沿着贾炳达道，阿婆勇往直前，经启德道、打鼓岭道、城南道、龙岗道、南角道、衙前塱道、侯王道、狮子石道、福佬村道一共九条街。终于在联合道，给老妇逮着。

年轻人气喘如牛，脸色苍白："你……你……想……想干……什么？"

"毛巾，拿去。"阿婆由藤篮中拿出了几条"祝君早安"，塞在那人手里。

年轻人接着，整个人瘫痪。

"谢谢。"老妇说完，笑了一笑。

两个太阳同时出现，几十个月亮、无数的星星在跳舞，天下的花朵一齐开放。蝴蝶、鸳鸯飞近，百兽跪下，天使拿着竖琴伴奏！

我从来没有看过那么美丽的女人。

歧视？尊敬还来不及呢。

野女孩

成龙一面拍戏，空余时间，经理人陈自强安排他拍一些广告。反正日本人手阔，一两天功夫就是七八百万港币，何乐而不为。

这一次广告公司派了大队人马，移师到墨尔本来。除了日本和香港的工作人员，还在当地请了一些助手。

其中有位金发女孩，圆脸，两只大眼睛之外，五官配合并不调和，可以说是难看到极点。而且，头发是染的，本身是个日本人。

广告拍完，摄影队归去。隔了数日，成龙请友人加山吃饭的时候，这个女人又出现了。

"我是在这里念书的。"她宣布。

多一个人吃饭，不要紧，但是菜一上，她大咧咧地举筷先挟菜。"礼貌"这两个字，她的字典中不存在。

年纪还小，我们不在乎。

成龙叫的那支珍藏红酒，正等着呼吸，她已等不及，自己倒一大杯，咕哩咕嘟地灌下去。再倾，又是一杯，当成可乐。未几，已干掉半瓶。

为成龙制造夹克和 T 恤的加山，低声地用日语向我说："现在日本的新人类，和我们认识的女孩子不太一样吧。"

我笑着问："什么女孩子？"

"她年纪不大，叫'女人'太老？"加山说。

"什么女人？"我再问。

加山用目光对着她："那个女人呀。"

"什么女人？"我又问。

"难道是男人吗？"加山说。

"是人吗？"我反问。

加山听明白，笑了。

当当当，这只东西有点醉，拿了筷子，把碗碟当成锣鼓，敲将起来。

烟一根接着一根，手指也黄了，牙齿也黄了。看见三十枝装的万宝路烟盒已空，走过来把我那一包拿去，"谢"也不说一声，从此不回头。

她死缠着成龙讲话，一面讲一面拍着成龙的手臂，不让他有机会分神。说完一个并不好笑的笑话，大家笑不出，她自己咯咯大笑不停。

这顿饭好不容易吃完，甜品上桌，是一大碟芒果布甸，她先用匙羹掏了一羹，大叫："Oishi, Oishi。"

用舌头把匙羹舔了又舔,不等其他人,又来一羹。这一下,大家都不敢再吃,尤其是听完她见到喜欢的男人便和他们上床的故事。

席散,我们回公寓去,这东西死都要跟来,不管大家怎么暗示。后来,干脆向她说:"我们还有工作要谈,你来了不方便。"

她苦苦地哀求之后,举起三只手指做童子军发誓状:"让我在一边听吧,我答应一句声也不出。"

拗不过她,让她上车。

果然遵守诺言,这个话说不停的东西,进到成龙房间一声不出,但很惹人反感地东翻西翻。被大喝一声之后,才乖乖地坐下。

加山拿出几十种设计给成龙看,怎么看都不满意,T恤的图案,失败了不要紧,本钱轻,数量也不多,但一到夹克,尤其是皮制的,非细心处理不可。

正当烦恼,那个东西悄悄地拿着特粗的签字笔,把图案的侧边和底部钩了一钩。字体即刻突出,由平凡的设计变成一个极有品味的标志。

"我是学服装设计的。"她终于开口。

大家都在感叹她触觉的灵敏时,她由袋中拿出一堆彩色笔,把其他的设计左改右改,变成张张都能派上用场。

"犀利!"有人喊了出来。

"唔算乜嘢啦!"她说。

"你识讲广东话?"大家惊奇。

她腔调纯正地:"上几个男朋友系香港人,床上学嘅。"

"仲识得讲几种话?"

"法文啦、西班牙话啦。"她说得轻松。

不解释大家也知道,又是在床上学的。

由台湾来的女主角也在座,她不懂广东话,用国语问:"你那间学校不错嘛,我也要去学。"

"只学基础好了。"她又以国语回答,"其他的在书本、杂志上学,去博物馆学,到各个大城市的商店学,学校教的,没用。"

"我们吃饭的时候骂你的,你都听得懂?"众人问。

"不。"她摇头,"不想听的,听不懂。"

"你怎么这么野?"我们干脆直接问她。

"做艺术的人,感情是不可以控制的。但是多几年,我也不会那么放肆,老了就圆滑,趁现在年轻,野一点有什么关系?"她说。

"但是不是每一个都能忍受得了你呀!"我们说。

她幽默地回答:"我也在忍受你们呀!"叹为观止,绝倒。

十三妹

在泰国，友人陈铜民先生告诉了我一个传奇性的人物，叫十三妹，是六十年代的文人。

十三妹的本名陈先生也不晓得，至于她另外一个笔名叫石山嵋，是因为她要在同一版上刊登两段文章，陈先生为她取的。当时稿费低微，她靠执笔为生，为了给她多一点报酬维持生活，不得不下此策。

读过十三妹文字的人会记得她的笔很辛辣。

最引人入胜的是这位女士从来不露脸，有些编辑没有机会见到她本人，只有当时职位较低微的报馆同事才可以见她，他们现在都已经是大家所熟悉的名作家、名报人了。

得到她的微少资料中，知道她在越南住过，至于是不是越南华侨就无从稽考。

对这位去世已久的前辈，我很想读她的文章，也很想听多一点关于她的事。返港后即刻找见过她的胡菊人兄，但他告诉我的也不多，不过菊人兄给我一个好建议，他说不如发表一段文字，让认识她的人供给资料。等收集齐后，我将写一篇以她为主题的小说，我似乎已与她结下了缘。

追踪十三妹

自从写过关于十三妹的专栏之后，得到热烈的反应，令人鼓舞。

黄俊东先生撰文称值得推崇十三妹，冯风三先生来信道出与十三妹的接触。在蒋芸小姐邀请的一次集会中，萧思楼、董千里、潘粤生、韦基舜各位先生提供了更多的十三妹事迹。

还有，不少读者直接来信将他们对十三妹的认识详述。最感激的是周石先生和王世瑜先生。前者为我串连了十三妹的生平，后者为我对十三妹作个结局。

综合以上的资料，得到以下各点：

一、她从来不露脸。

二、她脾气极大，专栏中排错了字，她六亲不认。

三、她的文字辛辣，不像出于女人手笔。

四、盛传的是，她不良于行。

五、懂得法文、英文、甚至俄文。

六、欣赏音乐，会弹钢琴，爱看电影。

七、喜欢与同行及年轻朋友通电话。

八、住在跑马地。

九、在欧洲、印度等等国家生活过。

至于十三妹的去世，是死于心脏病，属暴毙。她从来不断稿，报纸上几天不见她文字，才由王世瑜先生千方百计找到尸体的，其中过程甚为曲折，容我今后再向各位细诉。

"我觉得，小品文这种体裁，是最不掩饰作者的个性的了。一个写小说的作者，尽管他器量狭小，眼光若豆，爱财若命，但只要他天赋三分才气，也会把他的书中英雄写得豪迈干云的。可是写小品文的人呢，却只有将自己摊了出来。"

这是十三妹在一九五八年十二月二日于《新生晚报》她的专栏"冬日随想录"中说的。

我的看法与她不谋而合，所以事前已由图书馆中影印了她的大部分专栏，仔细地阅读，希望由她的文字中得到更多事实。

现在她的稿件像山一样地堆积在我书桌前，一有空，便沉醉于她的文章里。

至于十三妹长的是怎么样的一个人，这是许多读者和我都想知道的。

喜欢她的人，说她很美；讨厌她的人，怪她很丑。

但绝大多数，还是凭想象，见过她的真面目的，少之又少。

追索到一条有力的线，是她当过法国航空公司的空中小姐。

几十年前，当航运还是雏形的时候，空姐为一高尚的职业，在外貌与天资上都要有过人之处才有资格当选。十三妹，不可能丑到哪里去。

替她领取稿费的人，听说是她在法航的同事。多事的报业同行，曾经派人跟踪他，但每次都被他甩脱，可见他是一位很机灵的人。要是这位长者在世，我是多么希望有他的音讯！

在她的笔下，知道十三妹的父亲在她生下十八个月后就死去，她母亲三十一岁开始守寡。她母亲是一个懂得生活的人，爱绘画和音乐，曾拜过齐白石当师父。她在欧洲时有不少洋人拜倒，但她无动于衷。在十三妹十五岁时她也去世了。

十三妹有两个哥哥，大她十岁左右，只可惜都已去世，嫂子们都很爱护十三妹，将她接去她哥哥任职的印度住了一阵子，这些亲人要是联络得上，那该多好！

小说什么时候开始动笔呢？我犹豫了又犹豫，总以为资料已足，但又想多了解一点点，如果你知道的更详细，请你帮帮我，幸甚幸甚。

贞奴

日本明治时代，出现了一个很传奇性的女人——贞奴。

为什么叫贞奴呢？原来她的乳名为贞，从小就长得很美，家里有12个兄弟姐妹，她父亲在她7岁时便把她卖给艺伎院，12岁就以丫环姿态出现于宴会中，日本人称为"小奴"。到16岁正式做了艺伎，大家还是叫她做贞奴。

70多年前，当社会还是很保守的时候，有本杂志访问贞奴，对答如下：

嗜好——小说和翻译书；吃的东西——天妇罗；喝的东西——苹果汽水；烟呢——不抽：娱乐——音乐；衣服——西装；爱玩些什么——小狗；崇拜的人——稳如泰山的人；用什么肥皂——外国货；用什么香水——舶来货；你认为自己有气质吗——有，胜利的气质。

当时骑马、游泳、打桌球，都是男人最时髦的玩意，她样样精通。

贞奴的一生充满戏剧性。最初收养她的是内阁总理伊藤博文，接着嫁给演员川上音二郎，自己成为天皇巨星，最后又和开发木曾川水利工程的"电力王"岩崎桃介相好。

NHK 国立电视每年都拍摄些制作费浩大的长篇连续剧，明年开始他们的重头戏便是以贞奴为蓝本的《春之波涛》。

女主角除了当今红得发紫的松坂庆子外，不作第二人想。

现在我们由松坂庆子的印象，化入到两排巨大枯树的东京道中，一个少女骑着马在奔驰。

路人惊艳，询问她是谁，大家只知她出身在艺伎院里，是当今最红的角色，也是总理伊藤博文的宠物。

贞奴失身于伊藤是命运的安排，她自己没有选择，但是她内心不停地反抗，她不想成为妾侍，在这个时候，她遇到早上也在骑马的庆应大学学生岩崎桃介，勇敢地爱上他。

岩崎还年轻，追求门当户对的女孩子做太太，并没有把贞奴放在眼内。贞奴的心碎了……

总理伊藤博文很爱贞奴，看见她每天忧郁，心有不忍，当贞奴碰见二流演员川上音二郎，马上决定嫁给他的时候，伊藤也就无可奈何地答应放她一马。

贞奴做太太后拼命地为丈夫打气，甚至鼓励他去参加竞选国会议员，这事情当然失败，川上到底不是走政治路线的人才。

日本住不下去，两人组织了一个戏班子坐船到美国去表演。到了旧金山后才知道他们去的戏院老板破产了，一团 19 个人沦落到要在公园自己煮饭吃。他一路在街头演戏一路流浪到芝加哥。

结果带去的两个女主角病了，却在这个时候有人请他们正式地到歌剧院去表演，贞奴本来是以团长太太的身份跟去的，到现在也只好硬着头皮上阵。她当艺伎时受过的舞蹈训练，结果派上用场，大受观众欢迎。

乘着这个势，他们由纽约横渡到英国，再由伦敦赶去参加当时巴黎的万国博览会。

贞奴穿的和服引起了东方浪潮，大家称之为"贞奴服装"。名作家基洛、雕塑家罗丹都撰文歌颂。连毕加索也迷得如痴如醉，他要贞奴做他的模特儿，贞奴高兴得要命，不过当她发现原来做模特儿是要脱光衣服的就摇头不干，结果毕加索只好画一张她在舞台上表演的版画，这张画在毕加索集中可以看到，的确把贞奴画得很美很美。线条重复，手也画了好几只，全身好像在动着。

回国后，贞奴在东京公演莎士比亚的《奥赛罗》，饰演女主角滴丝蒂梦娜，这是西洋剧第一次在日本上演，以前日本都是男扮女装，她也成为舞台上的第一个女演员。

谈到此，顺带一笔的是弘一法师李叔同也和贞奴有点缘分，他后来演话剧《茶花女》，多多少少受贞奴的影响。

李芳达记《春柳时代的李哀先生》一文中提到：最初，李叔同和同学们在某艺院看了川上音二郎夫妇所演的浪人戏，他们爱好戏剧的热情，从事戏剧的热情，从事戏剧的欲望，已经像心血来潮地从内心逼迫出来……

川上音二郎在48岁那年病死。贞奴留在帝国启中训练新演员。

年轻时贞奴爱过的岩崎桃介这时反过来追求她，他已娶了政要福泽谕吉的女儿房子，但还不顾一切闲言闲语，要求贞奴原谅他当年的愚蠢，并为贞奴筹备了她退出艺坛的盛大公演。

贞奴终于又成为岩崎的黑市夫人，不过贞奴当时的情形并不需要人家来养，她已有足够的储蓄来买屋子，并且在热海还有一栋别墅。他们两人的关系，作家松元苑子说没有性的存在，这也值得怀疑。那时候岩崎虽说已经50，贞奴47，互相的性欲应该还是有的。

不过人到这个年纪对事业和金钱看得更重，岩崎拼命地计划着木曾川的大水坝工程，他的太太房子是个名门闺秀，不会出来替丈夫应酬，这工作倒是贞奴替房子顶上，为岩崎当外交，拉了不少关系。

他们之间的三角关系，历史上没有记载，只靠作家们的幻想弄得错综复杂，这里不赘。

贞奴是个勇敢超越时代的女性，不过她的思想始终还是受到儒家的缚束，她当初不肯做总理伊藤博文的小老婆，后来也没有当岩崎的妾侍。

木曾川的水坝建好后，岩崎成为日本电力王，她只是在遥望着人造的巨川，她在附近买了一块地，建座优美的庙宇，称之为"贞照寺"。

76岁时贞奴去世，骨灰照她本人的遗愿，埋葬在贞照寺内，永远地看着她和她的爱人一起完成的木曾川水坝。

NHK长篇剧《春之波涛》里，伊藤博文由伊丹十三扮演，他是个好演员，父亲伊丹万作为名导演，以前和彼得·奥图一起拍过LORD JIM，最近自己也导演了《葬礼》一片。

演政要福泽谕吉的是小林桂树，20多年前的《同林鸟》相信爱电

影的观众还会记得。演他女儿房子的是榆富美，我们对她较陌生。岩崎桃介由风间杜夫扮演，他只是个英俊小生。至于贞奴丈夫川上音二郎，选中了中村雅俊扮演，亦是歌手和电视红星，大家都熟悉。

橄榄油

在悉尼的街头漫步，忽然，有个女人叫我的名字。

转头，即刻认得是橄榄油。

当年，我孤家寡人，朋友把橄榄油介绍给我拍拖，想不到分开了那么久，能在此重逢。

橄榄油其实长得相当好看，只是手长脚长，又梳了个髻，走起路来，形态像大力水手的女朋友橄榄油，我和她熟了之后，便这么开玩笑地叫她，她一听到，一定握拳来捶我的胸。

"橄榄油！"我本能反应地叫了出来。

她本能反应地握拳捶我胸。数十年，一跳，跳过了，好像从前一模一样。她咔咔咔的笑声，一点也不变。

一般的女人，近五十岁，已经老得不成样，看得吓一跳，但好女人不会老，橄榄油是好女人。

仔细看她，保养得很好。一身衣服不是名牌，但色调很协调，腰并不粗，还是手长脚长那个样子。

我们拥抱。

她拉我到维多利亚皇后大厦二楼一家别致的咖啡厅坐下，两人开始聊天。

"我的儿子刚结了婚。"她宣布。

晴天霹雳，回到现实。

"做祖母的感觉是怎么样的?"为了掩饰我感到的冲击，只有即刻开玩笑。

咔咔咔，她又大笑："呸呸呸，还没有生出来呢，你要骂我老就直接说出来好了。"

那一天，她问我说嫁给我好不好? 我回答已经娶了工作，她转头就和一个商人结了婚，移民到澳洲来。

我嬉皮笑脸地："老不老，要摸过才知道。"

"你够胆就当众来。"橄榄油说完挺了胸膛。

我马上做伸出魔掌状，她咔咔咔地缩了回去。

"谈正经的，人家都说婆媳之间很难相处，你们的关系搞得好不好?"

"不好。"她回答。

原来这个女人也和其他女人一样。

"别误会。"她好像看得出我在想些什么，"人没有那么容易变，我还是以前那个个性，对人没有腌尖（讲究）的要求，不然怎么会看上你？"

"说得也是，说得也是。"我又笑了，"还是来一下之后才聊天吧。"

"让我考虑一分钟。"她说。

这句话是她的口头禅，我记起来，通常说过之后，就作思考状，然后即刻答应。

但人家平淡的生活，又去搞什么波澜呢？开开玩笑算数。

"你媳妇是怎样的一个人？"

"娇小玲珑。"她说，"留了一头乌溜溜，直不弄通的长发，漂亮到极点，我虽然是女人，也爱看美丽的女人的。"

"你讨厌她是因为她长得比你好看？"我又不正经地搭讪。

她娓娓道来："我儿子第一次带她到家里来吃饭，她静静地坐在一边，我对她的印象好得不得了，一直嘀咕说我儿子配不上她。

"后来，见面多了。我走进厨房时看到她在偷偷地抽烟，我说不要紧的，我不反对，你尽管在客厅抽好了。为了使到她更好过，我甚至开玩笑地说我从前的男朋友，大多数是抽烟的。她听了一点反应也没有，还是把烟熄了，走回客厅。

"隔几天，我儿子忽然来问我：妈，你年轻的时候是不是很滥交的？我的天！话怎么是那么传的呢？是谁告诉你的？我问。儿子说是你亲口告诉珍妮的，我听了什么话也说不出来。

"吃饭的时候，她宣布：我不爱吃菠菜。好呀，我想你不爱吃就别吃，我爱吃，我吃好了。大力水手也喜欢吃呀。过几天儿子又来向我说：妈，珍妮不喜欢吃菠菜，下次她来吃饭，别炒菠菜好不好。

"哎呀，我一听可火了。到下次她来吃饭，我炒了一碟菜心、一碟芥蓝、一碟芽菜给她。自己放一碟菠菜自己吃。珍妮的脸愈拉愈长，眉毛锁住，伤心地走进厨房偷哭。我儿子看得心痛，跑过来说：妈，你何必处处和她作对？

"我怪自己做得过分，走过去牵着珍妮的手，向她道歉，答应说不想见菠菜就下次不会再做菠菜了，哪知道这个婊子狠狠地瞪了我一眼，把我的手摔掉。"

橄榄油一生气，粗口便飞出，从前也是一样的，我很同情她，又不知道怎么安慰她。

"志不同道不合，少见就是。"她说，"就可惜和儿子疏远了。"

我知道我非帮她忙把这个结打开不可，但要伤她的心，也没办法，我说："你和你家婆，是不是也很少见面的？"橄榄油怔了一怔，又咔咔咔地大笑："你还是一样，什么事都有一个答案。"

说完大家又拥抱，分开时忘记留地址，不知什么时候再见到橄榄油。

大食姑婆

女人之中，最欣赏的是大食姑婆。

原因可能是我上餐馆的时候，一喝酒，便不太吃东西，所以见到身旁的女伴一口一口地把食物吞下，觉得着实好看。

我认识的大食姑婆中印象最深的是名取裕子，这位女演员曾在风月片《吉原炎上》中大脱特脱，但在文艺片《序之舞》里，她演个女画家，入木三分，得了许多奖，是日本第一流的女演员。

名取裕子来香港的时候由我招呼她吃饭，她坐在我旁边，我说过我喝了酒不爱吃东西的，看她吃得津津有味，一下子吃完面前的菜，就把我那份给她，她笑了笑，照收不误。

主菜过后，侍者问说："要面或饭？"她回答："要饭。"

连我的，六碗吞下，还把其他人已经吃不下的四个荷叶饭打包回酒店，临走前把全部甜品扫了。

第二天一早送她飞机，问："你那些荷叶饭呢？"

"回到酒店已经吃光。"她说得轻松。

这次的东京影展中又与她重逢，她拉着我的手，到处向人介绍我是她的男朋友，幽默地："蔡先生喜欢我的，不是我的身体，是我的胃。"

松坂庆子是位被公认的大美人。她有个毛病，就是大近视，又不肯戴隐形眼镜，看东西完全看不清楚，但是逢人便眯着眼笑，那些笨男人给她迷死了。

其他东西蒙眬，但是对食物她绝对认得出，我们吃中餐时她也像名取裕子一样连我的吃双份，桌中其余男人看到了也不执输，拼命向她献殷勤，忍着肚皮把菜递上给她。她说："ALA,"（日本人喜欢说"阿拉"，没有什么意思，是个感叹词罢了，和"阿拉"的我，以及回教徒的上帝无关。）

"ALA，你们香港男人，胃口怎么都那么小！"媚笑之后，她毫不客气地把几份同样的菜吃得光光。

其实不止日本女人是大食姑婆，香港美女大食的也不少，常与四五位身材苗条的美女去吃上海菜，她们第一道点的就是红烧蹄膀，有一次一只吃不够，再来一客呢。

吃相难看的人，本身也是难看的。美女们开怀大嚼，满嘴是油，来得个性感。

其中一名一大早饮茶，独吞八碟点心，再来一盅排骨饭，完了叫一碟蛋挞，犹未尽兴，最后加个莲蓉粽子才满足。

几小时后，中餐到韩国餐厅，我常去的那家服侍我的是正统的韩国小菜，一共有十余碟，加上七八碟烤肉，加上一个牛肠锅，干干净净吃完。

四点钟她已喊饿，到大酒店饮下午茶，先来个"黑森林"，接着是芝士蛋糕，我开玩笑说不如来两客下午茶套餐，她点头称好，又是三文治又是面包，她一人包办。

晚餐带她去意大利餐厅最适合了，这么一个会吃东西的女子，先用一碟意大利粉填满她的肚子。诧异的是那一大碟面条她只是当吃两片火腿罢了，接着叫头盘、汤、沙律、牛扒、甜品。我只是点了一客羊扒，吃不完，分一半给她，她说味道不俗，可不可以自己来一份？

半夜宵夜，在潮州摊子打冷，一碟鹅肠、一条大眼鸡鱼、半只卤鸭、另叫花生豆腐。以为她会叫粥，但她点的是白饭，连吞三碗半，嗝也不打一个。

第二天，她一大早又摇我起身，问道："今天吃什么？"

年轻时有个女友住吉隆坡，姓台，台静农的台，酷爱穿旗袍。她带我去湖滨公园吃烤鸡，可以连吃五六只鸡翼、八只鸡腿、四碗白饭，后来看到卖榴莲的小贩挑着担子走过，再开了三个。

吃完她"刷"的一声把旗袍的拉链打开，完全不管四围的人是不是看着她，脚一摊，走不动了。我常开她的玩笑，说她不姓台，应该姓抬。

我想女人除患上厌食症，大多数喜欢暴饮暴食，只是怕肥，不敢罢了。潜意识里，她们都是大食姑婆，如果让她们放纵地吃，一发不可收拾。

雷·伯毕利的小说《火星年表》中有一段，描述核爆下全人类死光，剩下一个男的整天等电话，结果打来的是个女的，他喜出望外，经过十几天日夜追寻，终于找到了她，发现她是一个不停在吃巧克力的大肥婆。

不过，话说回来，好的女人，似乎是怎么吃也吃不胖的，这是她们天生的优越条件。

在区丁平导演的《群莺乱舞》一片中，背景是 20 世纪 40 年代的石塘咀青楼，众人物中我们本来设计了一只大食鸡，平时加应子、话梅、葡萄干吃个不停，到西餐厅去时来一杯大奶昔，她"嗖"的一声用吸管一口吞光，吃中餐时白饭一大碗一大碗，眉头皱也不皱一下。将姐妹们的晚饭都吃得干净后笑嘻嘻地接客，客人由她闺房走出来，一个个脸黄肌瘦，四肢无力。

结果因篇幅，只是轻描淡写地浪费了这个人物，等下一部同题材的片子把她重现，一定生动滑稽。

古堡女僵尸

戏里需要用到一个古堡，我看了好多座，结果决定了最阴森最古老的罗哈城堡。

开门迎客的罗哈夫人，至少有八十岁了吧。她全身干枯，脸上汗毛长得如胡髭，手指像蜘蛛的长腿，看了令人不寒而栗。

我说明了来意，她犹豫一会儿，也就点头答应。临走前，她向我微笑道别，我似乎看到她唇后黑黄的尖牙。

一连几晚，在古堡城墙拍男主角偷袭的戏，到处要打光，须在各个窗口摆灯，由我拜托罗哈夫人打开每间房子。她一声不响，拖着一大串沉重的大钥匙，叮叮当当，与西洋恐怖片中拉着铁链的冤魂所发出的声音和形象一模一样。

这么大的一座古堡，她单独一个人，别说整理，怎么住得下来也是个疑问。

因为麻烦她的事情太多，一个晚上，我禁不住地说请她到附近的乡子里去吃一顿饭。她抬起头来："不必了，要是你真的有这个意思，明晚，不如你在这里和我一起进餐。"

我吞了一大口口水，"咕噜"的一声，没时间考虑，只好硬着头皮接受了她的邀请。

"九点正。你到地牢走廊的尽头来，就可以找到我。记得，我只准备你一个人的菜。"

她说完头也不回，抓着那大串锁匙走远。

去好，或是不去好，是个大难题。

为了工作，可以作出某种牺牲，但是，这、这、这……天呐！天呐！答应人家的事，总要做到，这是我做人的原则。虽然如此，老蔡，你知道多少人为了原则而丧失老命吗？

这一夜和第二天的白昼，我都没有好睡，偶尔行车在路上闭一闭眼，马上发现我的颈部大动脉有两个深不见底的洞，血已流尽，还能看到有小虫在蠕动，即刻惊醒。

约会时间到了，我像被催眠似地洗了个澡，穿上黑西装，打好血红的丝领带，走进古堡。乌鸦在夜啼，我下楼到地牢，进入一条无穷无尽的走廊，咿呀的尖声，大门打开。

天，女僵尸穿了白色的晚礼服，像新娘子一样，拿着蜡烛在迎接我……

罗哈夫人引我进入一间数十丈长的巨室，由地上到天花板，至少有三层楼那么高。

一张可以坐四十个人的长餐桌，一头一尾，摆着两份古董银餐器。食物都已准备好，七道菜，没有一样不是冰冷的。这间房子里，唯一热的是我涨红的那张脸。

在长桌的末端坐下，皮椅背有一个大汉那么高，我像被人紧紧抓住。心很痛，似有条铁柱往下不断敲打。

"试试这瓶一九四〇年的维加西士利亚。"女僵尸命令。

既来之，则安之，我想。死就死个痛快吧！不管酒里是否有蜈蚣爪蝎子尾，我一口把那杯红酒吞下。

啊！甘醇如清泉，是我生平未尝试过的佳酿。

"人家在拍卖行中把它当宝贝，我的酒窖里，还存着五百瓶。你尽管喝吧。我一个人享受不了。"她的语调中，对死亡有所感触。

老酒三杯下肚，精神松弛了许多，也不理头上的灯罩，是猪皮做的还是人肉做的，话多得很："你的英语，是我遇到的西班牙人中讲得最好的一位。"

"我从小就有一个英国保姆。"她说。

"真的?"我顺口一问。

"当然是真的。你是在问我真的有一个英国保姆，还是在问我真的年轻过?"她打趣地反问。

我只有腼腆地陪笑。

烛光下，她已经不像上次见到那么可怕。

"朝如青丝暮如雪。这不是你们诗人的句子吗? 每一个人都年轻过，每一个人也都会老。"她自言自语地说。

真想不到这个西洋老太婆对中国文化也是有认识的。

结果，我们以东西方的诗词作比较为话题，谈了很久很久。

"这么大的地方，为什么只有你一个人住？"我忍不住问她。

罗哈夫人笑着回答："不是我一个，还有我的丈夫，他就埋葬在这个房间里。"

马上毛骨悚然。

"他在里面安息，算是在陪我。"

这老太婆为什么这么怪？

她好像看得出我心中的话，回答说："什么事都不怪了，只要爱得深。"

想想有道理，也就不管它是什么了不起的事。

"你过来看看。"她由书架取出一本很厚的相簿，把上面的灰尘吹散。

被时间染黄的照片中，她回到她的童年，长成为一个美丽的少女，参加了第一次舞会。接着是她穿了短裙打网球，矫健丰满的身体，飞扬着的长发。英俊的青年走过来，两人对着镜头。庄严的婚礼，参加的人数过百。欢宴中重叠成巨塔的香槟杯。乘坐"伊丽莎白皇后"号邮轮。"路易·威登"的大型行李，二十多箱。布鲁克林铁桥下，他们打着伞在雨中散步。第一个婴儿的诞生，有五六个保姆，长大了的儿女们手中也抱着小孩。身边又是五六个保姆。

不知不觉，已过了两小时。我站了起来向她告辞，并谢谢她这一个愉快的晚上。

"不，不，应该说'谢谢'的是我，中国人。"她抓着我的手，我感到一阵温暖。

她说："你让我重温我的青春。我差点忘记有过那么一回事。"

走到门口，她叫住我："你有没有发现，人与人之间要是有了沟通，什么丑陋躯壳，也不会太难看了？"

我点点头，在她的双颊一吻。

之后，我们就没有看过这老太婆，整间古堡任意给我们陈设成为富丽堂皇的布景。人烟一多，也带来了生气和活力。

一天，一个拿了网球拍，穿着短裙的活泼少女前来，我好像在什么地方看过。她很甜地微笑，向我说："我的曾祖母，叫我来这里陪你。"

新井一二三

　　从好几年前开始，读《九十年代》杂志时，留意到一个叫新井一二三的日本人，用中文写时事评论。

　　好几位文艺界的朋友都在谈论，说其中文没有瑕疵，一定是中国人化名写的，但也研究下去为什么好端端的一个中国人，要用日本名干吗？

　　新井一二三，是男的是女的也不知道。日本名字一二三，男女都可以用，不像什么郎、什么子，一看就分辨得出。但作者用的文字和语气，都相当刚阳，大家推测说是个日本报社的驻中国记者，一定是个男的。

　　是男是女，最好问《九十年代》的爷爷李怡兄。他卖个关子："新井人不在香港，等有机会的时候，才介绍给各位认识。"

　　后来，新井果然来了，在《亚洲周刊》当全职记者。一次黎智英请客，李怡把新井带来，证实是位女的。

　　像罗展风在《明报》副刊写她：新井有着日本女孩传统的娃娃脸蛋、清汤挂面，不施脂粉，简单服饰却又流露着一种说不出的CHARMING（吸引力）……

给人家归为有吸引力的女子，就是说她不漂亮。的确，新井并不漂亮。

但是试试看找一个会说流利国语，又能用纯正中文写作的日本人给我看！

日本出名的汉学家很多，翻译不少中国文学巨著，但是叫他们写中文，数不出一两个。

"我叫一二三，是因为我是一月二十三日出生的。日文读起来不是音读的 ICHI，NI，SAN，而是训读的 HIFUMI。"新井大声地自我介绍，你要是与她交谈，便会发现她讲话是很大声的。

新井简单地叙述自己的生平：早稻田大学政治系毕业，其间学中国文学、政治和历史，后来公费到北京和广州修近代史。在《朝日新闻》当过记者，嫁去多伦多，六年之后离婚到香港来。

八四年邂逅李怡，当了他的宠儿，一直鼓励她以中文写作。

她前后在《星岛》、《信报》发表过多篇文章，终于出版了第一本中文书《鬼话连篇》。李怡说："我感到似乎比我自己出一本书还要高兴，甚至有一种难以形容的骄傲。"

"很少中国女作家有那么勇敢，肯把自己堕胎的赤裸裸经验写下来。"张敏仪说，"我想见她，是不是可以约一约?"

新井在《亚洲周刊》时，我曾经和她在工作上有些交往，有了她的电话号码，找到她。

新井对这位广播界的女强人也很感兴趣，欣然答应赴约。

我们去一家日本餐厅吃晚饭，大家相谈甚欢，也提起她加拿大前任丈夫的事。

"我以为他是一个思想开放的西洋男人，他以为我是一个柔顺体贴的东方女子，结果两者都失望。哈，哈，哈！"新井笑起来，和她讲话一样大声。

香烟一根接着一根，张敏仪不喜欢人家抽烟，被新井和我，左一支，右一支，熏得眼泪直流，但也奈何不得我们。

天南地北，无所不谈，讲到文学，她们读过的许多世界名著，都是共同的。敏仪日文根底好，记忆力尤强，能只字不漏地朗诵许多诗词，这点是新井羡慕的。

她大声说："如果我是中国人，便会像你一样吸收得更多。我虽然略懂中文，但是在诗词上的认识，总有不能意会的地方。"

"坏在我们太过含蓄，太过保守，不能像你们那么放！"敏仪的声调也受新井影响，高了起来。

坐在旁边的客人转过头来看这两个高谈阔论的女子，令我想起南宋刘克庄的《一剪梅》：

"束缊宵行十里强，挑得诗囊，抛了衣囊。天寒路滑马蹄僵，元是王郎，来送刘郎。酒酣耳热说文章，惊倒邻墙，推倒胡床。旁观拍手笑疏狂；疏又何妨，狂又何妨！"

敏仪酒量不如新井，一杯又一杯，当晚干了数十瓶日本清酒。

新井又谈起她的加拿大丈夫："我们是用普通话对谈的，在广州认识，我当年才二十三岁，就糊里糊涂嫁了给他。离婚后才第一次和他讲英文。"

敏仪说:"不如单身的好,现在是什么世界?还谈什么嫁不嫁人?"

新井大力拍掌赞同。

话题又转到同性恋上去,新井嫁过人,堕过胎,当然不是女同性恋者。

"许多搞同性恋的男人,都蛮有天分的,尤其干艺术的,越来越多。"敏仪说。

新井也认为男同性恋者很有才华,她越说越大声:"但是,没有用呀!没有用呀!"

她那"没有用"三个字可圈可点,笑得敏仪和我,差点由椅子上掉下来。

张先生的肥婆

家父的友人，近年来也都相继去世。

印象最深刻的是张先生。

张先生患眼疾，开了几次刀都没医好，要戴一个很厚的眼镜才能看到东西，双眼被镜片放得很大，老远，就看见他的眼珠。

为了报答他对双亲的友谊，我到处旅行，一走过玻璃光学店，就替张先生找放大镜。张先生一生喜欢吃东西，凡有新菜馆开张，他必去试，看不见菜单点菜，对他来说，是件痛苦的事，所以他需要一个携带方便的放大镜，倍数越大越好，我买过几个精美的送他，他很感激。

每个星期天早上，张先生在公园散完步，便来家坐，一看到我，拉着我们整家人去吃早餐。

张先生的早餐不止牛油面包，是整桌的宴席，鱼虾蟹齐全，当然少不了酒，他总从车厢后拿出一瓶陈年白兰地，家母，他和我三人，一大瓶酒就那么地报销了，执行白昼宣饮。

"别刻薄自己。"是张先生的口头禅。

退休之后，他把家中收藏的张大千、齐白石一幅幅地卖掉，高薪请了一个忠心的司机，要去哪里，就去哪里。最爱逛的，当然是菜市场，把新鲜材料买回来，亲自下厨。

我常喜欢说的那个牛鞭故事，就是他告诉我的。

什么？你没听过那牛鞭故事？好，我慢慢说给你听。

张先生和儿子媳妇住在一间大屋子里，一切安好，但最令张先生受不了的，就是他媳妇爱大声叫床，一星期和儿子搞几晚，闹得张先生睡不着觉。

开始小小的复仇计划，张先生从菜市场买了一条牛鞭，叫媳妇做菜。

"怎么煮法？"媳妇问。

"洗干净后拿去炸一炸就是，油要多。"张先生说。

媳妇烧滚了油锅，把牛鞭放了进去。

突然，那条牛鞭膨胀了数倍，像一条蛇，张口噬来。媳妇吓得大叫哀鸣，失声了几天。

张先生吃吃偷笑，从此得到数夜的安眠。

家里说是富裕也谈不上，张先生一直在大机构打工，身任高职，不愁吃不愁穿就是，但多年下来的储蓄，再加上对股票市场的眼光，他有足够的钱一直吃喝玩乐。

戴在他左手食指上是一颗碧绿的翡翠，张先生回忆，是石塘咀的一位红牌阿姑送给他的。年轻时，张先生的诗词知识，令她倾倒。红牌阿姑去嫁人，对他念念不忘，把戒指留给他做纪念。

"凡是人，都有情。"张先生说道，"妓女淑女，应该一视同仁。"

张太太也知道丈夫的风流史，她很贤淑地依偎在他身边，常说："回家就是，回家就是。"

可惜，她比张先生早走了。

过了一年，张先生向女儿们宣布："我需要一个女人。"

儿女反对。

张先生一生人没说过粗口，但他向他们说："我又没用到你们的钱，你们反对个鸟！"

把情人带到我们家里时，大家吓了一跳，是个二百多磅的肥婆，但样子甜，还算年轻。

"在酒吧认识的。"张先生告诉家父。

"她怎么肯跟你？"爸爸乘她走开时问。

张先生说："我问她一个月赚多少钱？她说一万块，我给她两万，就那么简单。"

"那么多女的都可以给两万，为什么选中她？"问题的言下之意是为什么选中一个肥婆？

"我注意了她很久。"张先生说，"只有她不肯和客人睡觉，也许是她那么胖，没有人肯跟她睡觉。"

肥婆走回来，拿了开水，定时喂张先生吃药，他拍拍她的手臂，说声谢谢，透过那副厚眼镜，充满爱意地用大眼睛望着她。

"你先回家，我再和蔡先生谈一会儿就回来。"

说完张先生请司机送新太太，并问司机吃过饭没有，塞了一些小费给他。

"儿女们开家庭大会。"张先生说，"派代表来向我提出条件，说在一起可以，但是不能生小孩，免得分家产时麻烦。"

"你还能生吗？"爸爸对这个老朋友不必客气。

张先生笑了："我事先跟她说不用做那回事的。只是想晚上有个人抱抱。既然要抱，就要选一个大件的。后来抱呀抱，摸呀摸，两个人搞得兴起，就来一下啰。"

把我们笑得从椅子跌地。

"已经把一切安排好了。"张先生说，"我走后她每个月还是照样领取两万，一年多百分之二十的通货膨胀，直到她自己放弃为止。"

张先生的葬礼很铺张，是儿女们要的面子。我正在外国工作，事后家父才告诉我的，没有参加，心很痛。

家父说葬礼上只有两个人哭泣——司机和肥婆。

女人说男人

心灵不能承受的痛

蔡生：

我 1991 年认识现在的先生，1993 年结婚，那时我还身在大陆，当时我身边的追求者条件好过他的人很多，但我却认为他够老实、诚恳，最后都是拣了他（当时曾经有人拿出一大笔钱买房子给我作为结婚礼物）。自结婚后，他每天奔波于粤港两地，我以为我们可以长相厮守，特别是 1995 年我儿子出生后，我单程来到香港，开始人生新的一页。

但自从 1996 年合伙和人做生意之后，他便以去东莞厂与供应商沟通为理由，经常去太平，我更发现他在上面开始嫖娼，我曾经多次暗示，我知道他的所作所为，但他却以为可以瞒天过海，甚至每星期上去两次。为此我与他大吵一场，他表示以后上去会当日回来，不过夜，但没有几天，故态复萌，并且死口不认嫖娼。

我不愿看到年幼的儿子在单亲家庭中，在别人的冷眼歧视中成长，他也发誓说以后不再去嫖，但当我一想起他和那些妓女在一起的情形，就会冒起无名的怒火和愤怒，心中隐隐作痛，真想做出傻事！我该怎么做？请蔡生能在百忙中给我点意见。

痛心人　上

痛心人：

你的情形是没有救药的，给你什么意见都属多余。

男人婚后在外边胡搞，是对身边的女人失去了兴趣。

一个生育过的女人，如果不好好照顾自己的体形和容颜，当然比新婚时差得多，你也许感觉不到，但对方绝对知道你的变化。

再加上你所谓的"不理智的方法"逼他，男人都会怕了你。

当年你有很多追求者，是事实，但是"当年"这两个字，也是事实。人，怎么可以一直活在"当年"？

你后悔的也许不是他的不诚实，而是后悔没有拿了那个人的一大笔钱和他要买给你的房子吧？

嫁给他，是你的决定，没有人用"不理智的方法"逼你，难道你还是一个十二三岁的黄毛丫头，什么都不懂吗？

我不是因为自己是男人，而为你的丈夫辩护。他当然有错，但这些错，是单方面的吗？

连他去嫖妓你也妒忌，那表示你还是深深地爱着他。冷静地想想吧，嫖妓是否会坏过养二奶三奶呢？你和他大吵一顿，他说不过夜，你就相信了他？真太蠢了，男人干那一回事，五分钟之内解决，随时随地就地正法，和过不过夜扯上什么关系？

现在，不管他发不发誓，我看他是永远改变不了的。要决定的是，你到底要不要离开他？你想要的离婚，是否做得到？

别把责任推到你儿子身上，多少单亲家庭培养出来的小孩都很正常，别人的冷眼怎样会影响他的一生？除非他有点弱智。

千万不要做任何傻事，傻事解决不了问题。就算一了百了，也是一种不负责任的事，你不但令你的先生痛苦一辈子，你儿子所受的打击将比在单亲家庭生长的更大，你既然介意，就更不应该去做傻事。

坚强一点，接受与分离选择一样，中间的话，永远痛苦，而长痛不如短痛，你叫自己"痛心人"，是否很享受痛呢？

祝　好！

蔡澜　上

丈夫闷蛋妻子愁眉

蔡澜先生：

　　我今年23岁，有两子，丈夫是做生意的，一天到晚不在家，每天在家中说话不多于十句，一家大小事也由我做，但我也要上班，初时我与他吵架，他会有所改善，但现在他已觉得没有此必要了。

　　因为我自己有个不愉快的童年，渐渐我发觉，我喜欢的是这个"家"的感觉，而不是他，继续对着他，很闷。但我不想儿子像我小时候一样，也不想现在的经济状况有变。很多时我想办法引起他的注意，但发觉也是枉然。

　　朋友说我生活无忧，又有两个可爱的儿子，不应无病呻吟，但我真的很闷。最近我知他亲戚的妻子跟人私奔去了，我丈夫极不屑她的所为，表示她应与那个"好"丈夫白头到老，纵使他是一个闷蛋。但说真的，我颇羡慕她呢。

　　蔡先生，我怎样才可活得快乐一点呢？

点　上

点：

如果你今年是 40 岁，我还明白为什么你丈夫整天不回家，但是才 23 岁多，身材不会差到哪里去，你丈夫和你结婚时也没有嫌你太丑，很难理解他的行为。

在家里说不到十句话的男人，多的是，你在婚前没有察觉到吗？或者是他婚后才改变？

男人对生育过的女子，性生活渐渐厌倦，是会发生的。你要不要去看妇科医生，问问专家的意见，查清楚问题是不是在你身上？

请别误会我把错处都往你身上推，因为你对他的形容太少了，而且他也不会看这封信，讲他，是多余的。

你觉得继续对着他很闷，那是会露出在表情上的，一个男人回家，看到妻子拉长着脸，回来干什么？

想办法引起他的注意？你用的是什么办法？是不是穿得性感一点，多打扮一点，说话幽默一点？有没有叫他陪你多吃吃烛光晚餐？或者是一直叫他省钱吃大排档？这都是问题。

我很明白和同情你的处境，虽然别人看来是无病呻吟，但问题发生了，你还有几十年要活下去，难道便忍个一生一世？

闷，是会闷出病来，是会发神经的，别小看这个闷，它比大吵大闹大哭的病还要严重许多，你得要解决。

你丈夫亲戚的妻子跟人私奔，你很羡慕她，这是很正常的反应，很好，一点也没错。

也可以像她那样呀，一走了之。

外国有很多雷同故事的小说，早在近百年前已有，我们为什么那么落后？

但是，一切行为必须自己承担后果，这才是勇敢的。一面做一面后悔，是懦弱的，永远纠缠不清的。

现今社会，有很多和你一样的女人，她们一就离婚，一就忍下去，后者也不是没有好结果，她们经济独立，把孩子凑大，当丈夫是个死人，不和他睡觉。爱自己，才学会去爱别人，你不妨向她们学习。

祝　好!

蔡澜　上

过埠新娘放弃伤心的家

蔡澜先生：

　　我来自潮州，持单程证来港两年，女儿两岁了，跟家翁、家婆一起住三房二厅，他们都是潮州人，我们三个返工，家婆在家里带 BB。本来应该是一个幸福的家庭，但是家家有本难念的经，家婆神经过敏、疑心重，以前我还没出来工作，她经常跟我吵架，现在我出来工作，她就两公婆吵，有时跟她儿子，总之搞到我跟老公的感情都出了问题，家里天天这样吵，很烦死人，根本没有人想回家。我跟家婆的关系很差，我根本不想面对她，收了工都赶着返家，返家老公就同我吵。结婚三年，他根本没有尽过老公的责任，什么都要依赖我，什么都要迁就他，我觉得很辛苦。他曾经怀疑我有男朋友，侮辱过我，说得很难听，总之一言难尽，这样的家我无法住下去，很想离开这个伤心之地，我发觉已不爱他，性生活都没兴趣，这样下去，几十年怎样相处？我想离婚，但是有个女儿，我不知怎办，我对他已完全没有感情。

　　我在公司认识一个男仔，没认识他之前，家里已经出现很多问题，已经打算离开这个家，当时他不知我已结婚，后来知道很生气，几天没找过我。我不是有心骗他，我怕他会离开我，我对他有好感，为了他我什么都肯做。为了多些时间跟他在一起，收了工晚饭没吃就赶去跟他见面，放半个月大假，我会很想念他。最近他有新欢，我发觉是公司的人，很生气，但是没用，因为我是结了婚的人，我要求他跟我在一起，他不肯，在一起一年了，他从未叫过我离婚，我提出跟他在一起，他拒绝，说不想破坏我的家庭，我发觉他是欺骗我、玩我，但是我心甘情愿，因为我喜欢他。

因为家庭和环境逼我这样做，如果不是这样，我可以对自己保证，我绝对不会做出这样的事，因为我本质不是这样的。我觉得做人难，做女人更难，做人很辛苦。

一个不知怎办的伤心的人　上

一个不知怎办的伤心的人：

唉，悲剧不只发生在你一个人身上，别把自己形容得那么凄惨，问题发生了，冷静去解决，是唯一的办法。

按理说，既然已和丈夫没有感情，可以提出离婚的。但是，你是一个持单程证者，离了婚是不是要被赶回去，我不知道。这一点，你应该问清楚后才下决定。

每一个家婆都和媳妇有成见的，或多或少罢了。当然，心爱儿子给别的女人抢走了，不怪媳妇怪谁？而且一生人也没有做过什么威风事，只有拿媳妇来出出气，这是东方女人的悲哀，也不是我们这辈子能有什么改变的。

你现在的家，看来是没有救药了。

不过你想跟的那个男同事，同样渺茫。

这个男的根本就不爱你，免费的性，谁不要？他本来可以大方地拒绝，但是他选择用借口说不要破坏你的家庭，显然地是一种懦夫的行为，是让人看不起的。

你明明知道他在玩你，也心甘情愿地爱他，是因为你根本已无路可走，你说得好听，因钟意他，这个借口也可怜。

家庭一有破裂，绝对是双方的事，什么人都逃不了责任，并非环境逼你。

这一点，你先弄个明白，错也在你。

"做人难，做女人更难"这句话，是女人轻视自己才说得出的。男女平等，谁有特权？

是的，做人很辛苦。但是在思想上弄清楚了，总会解决。

我认为你应该两个男人都不要，自力更生地带着女儿出去闯一闯。

别再考虑有什么后果，留在香港，或回去内地都一样，要活下去的，只追求活得快乐一点。也许这一闯，会更痛苦，但不试一试怎么知道？只要不后悔就是。

天下比你绝望的女人多的是，别太抬举自己。你还有得吃有得穿，你的伤心，根本微不足道。

忍下去，或豁出去，你决定好了。

祝　好！

蔡澜　上

求神拜佛望他回心转意

蔡澜先生：

你好！我是一个很固执及从一而终的人，以下有些问题想请教阁下，请赐教。

最近我和相恋了四年的男朋友分手了，其实这次并非我和他第一次分开，而是第三次了。他是做纪律部队的，我第一次与他分开，是他要入 Camp 接受半年多的训练，那次，由于大家仍深爱对方，所以半年后他出 Camp 后，大家仍然十分珍惜对方。

至于我们第二次分开，是在一个十分突然的情况下而发生的。有一天，他突然痛哭地对我说，对我已没有了感觉，说我们的这段情就此算了吧。我起初真的接受不了，因为之前的一个星期我们仍然很好，我接受不了如此突然之打击，仍时常打电话给他，寄信给他。也许是我太烦，也许是我的"可怜"触动了他的心，有一天他再找我，我们便又再次走在一起，但是这一次，其实我知他是想帮助我适应如何度过没有他的日子罢了……

我们第三次是在一个很平静的情况下分开的，有一天我上他家，正巧听见他与他的朋友在谈电话，从他的语气及态度我知道他正与另一个女孩子倾谈，而且我感到他们不止是普通的朋友那么简单，在我了解了他与她的一切之后，我们平静地分开了，因为他说他爱上了一个与他合拍的同事。

说也奇怪，我并没有恨她，恨她抢走了我今生中最重要的东西，我的心只想如果她比我更能令他快乐，我也应该替他高兴。虽然看似自己已想通了，只是自己仍有一个心结解不开。我口里说得潇洒，但是内心做不到不想他，我更傻到每星期都风雨不改去拜一次黄大仙，期望他的心早日会察觉到原来最爱的是我，早日回来找我……我知道我真的会等他一生的……

蔡先生，我这样是否很傻？到底要怎样做，才可以解开这个心结？请帮帮我！

迷途小羔羊 TK　上

迷途小羔羊小姐：

本来，要是人家写信给我，告诉我和你同样的一事，一定给我大骂一番。

但是，第一，你的字迹端正；第二，文笔通顺，至少胜过许多大学生；第三，你说你曾经想过如果这女人比你更令你的男友快乐，也应该替他高兴，这表示你还是有救药的，所以对你，我必须仁慈一点。

如果这件事相反地发生在女人身上，比方说你有了一个新的男友，那么你绝对不会给他一个机会，再和他好一阵子不分开。女人和男人有别，女人是更加绝情的，说走就走，连回一回头的举动都省了。

明白了这种心理之后，你要求他再与你结合，是不公平的。还要去求黄大仙做坏事，仙人怎么肯？你每个星期风雨不改地去拜黄大仙，照样去好了，但是这次祈求的不是让他早日察觉，而是让你自己早日察觉。

是的，你想等他一生是很傻的。你没说今年多少岁，不会是七老八十吧？一生，很长久的呀！就算你和他结了婚，也不担保一生不会起变化嘛。

不管我怎么说，你这个心结还是解不开的。要帮也帮不了，你继续等吧。

但是，在等待期间，识其他男友，拍拍散拖，不是很过分，也不是对他不忠。变心是由他开始，你没有罪，你有权利这么做，谁也不会怪你。

千万别拍散拖就认对方是老公，这会把人家吓跑的。当成热身运动好了，准备他回心转意时，更有经验得到他的欢心。

一个已被拒绝，还拼命在人家楼下等，拼命写信，拼命做可怜状的女人，是一个非常恐怖的女人。

这种女人的下一步，就是泼硝酸镪水。

正常的人都会怕这种癫婆。

你只是迷了途罢了，不是发神经病吧？

也许，对你仁慈是没用的，兜头掴你一巴，才醒吧？

祝　好！

蔡澜　上

鼓起勇气，屡败屡战

亲爱的蔡澜先生：

爱情带来许多烦恼，要知道，没有爱情却是一个令人苦恼的问题。

小弟今年 25 岁，但从未试过拍拖，又没有勇气追女仔，可能自己太内向。两个月前，公司来了一位新的女同事，因工作上的合作，我们常有接触。

她是一个很开朗率直的少女，几乎与每一个同事都谈得来。其实，我与她的性格很不同，但觉得自己喜欢了她，与她谈天很开心，而且我们话题除了电影，亦会讲自己以前的经历和现况。

她实在很吸引我，她很漂亮，公司的男同事也觉得她很美，我相信喜欢她的人不止我一个。

我知道她与男友已分手半年有多，虽然那个男仔仍会约会她，只是，她说不再喜欢他了，他们只是普通朋友。

我的样子很平凡，工作亦没有什么突出表现，我觉得自己没有条件做她的男友，但又控制不了去想她，每天我也会很注意她，又怕给她望到我的目光，总之心里面忐忑不安，不知怎样办好。

曾经有一次，我鼓起勇气约她看戏，但她说已约了朋友，之后我亦不敢再单独约会她了，虽然我们仍然很谈得来，但她会否知道我在暗恋她呢？

蔡澜先生，你教我应如何是好？我有想过转工，但又觉得自己没必要这样做，究竟有没有方法让她知道我的心意而又不尴尬呢？或是，请教我如何获得她的芳心。

谢谢你，烦请尽早解答我的疑难。

一个没勇气的人　上

一个没勇气的人：

爱情不带来烦恼的话，就不叫爱情，叫理所当然的交配。

25岁还没有拍拖的例子很多，你不是第一个，等到35岁还没拍拖，再担心也不迟。

我一直说，面貌和做人，对恋爱和婚姻并不起阻止作用。人有缘分这一回事，到了，自然有婚嫁发生。天下丑男丑女居多，为了面貌嫁不出娶不到的话，人类会绝种。而且，看周围的朋友，俊男多数娶个丑女，美人嫁武大郎的例子也居多，还有那些样子实在恐怖的所谓"公子"，还不是照样有许多拜金人献身？如果你要怨自己的面貌不如人，不如下决心赚多一点钱。

性格不同的男女在一起才幸福。太相同了，常常会互相残杀，或者一齐跌入地狱。我有些性格都喜欢花钱的朋友做了夫妇，以后每天为钱吵架；也有一些守财奴夫妇，每天吃公仔面，葱都不加一根，结果一齐痛苦，一齐患病死掉。

一个美丽的女人，并不是一个可以对寂寞免疫的女人，多漂亮的女子，在最寂寞时被丑男一攻，势如破竹，横卧倒下。

美丽女子，一定有一个、两个或数十个的"过去"，只要你把握着"现在"，也有机会成功。最讨厌的是一些男人，把美女得手后，便开始妒忌她们的"过去"，这种男人应该打入十八层地狱。

做人最少要有一点点自信吧，不然早点去跳楼。你觉得自己是平凡，不过你认不认自己也是一个人？只要是人，就有权追求对方。请人家看电影，给她一拒绝，便以为是绝望，这种态度不对。请记住，以后约人，人家不出来，你便说："下次吧，这次我约，有空的话，下次由你约我。"记得要留条尾巴。

人家再没有意思，也就算了，何必为这种小事转工？这个世界上，所有的女人都死光了吗？

祝　好！

蔡澜　上

你没胆，我给你

蔡先生：

　　你好，小弟今年刚中五毕业。我有一些爱情上的疑难，希望蔡澜先生能为我解答。谢谢！

　　在我中四（约两年前）开学之后一个礼拜，我班来了一位女生。当我第一眼望见她的时候，我已经给她吸引住了。因为她实在太漂亮啦！自此，我就喜欢了她，直至到现在。真是傻瓜！

　　她是一个人缘极佳的女孩子，几乎每一处都有她的同学、朋友，而且读书成绩也很好；而我的成绩就……唉！虽然我们是同学，但是我同她很少交谈。因为我实在太怕啦！而且，我又不知同她讲什么好。她一同我讲话的时候，我就会很不自然，不知所措。

　　其实在班中，喜欢她的人不止我一个。我的老友对我说她已经有了男朋友，而且是我们班的同学，只是他们两个都否认。

　　我的样子平凡得很，没有她的男朋友英俊。我读书又没有他们两个那样好，我觉得自己根本同她男朋友没得比，没有条件做她的男友。但是我又很喜欢她，我每晚都想起她。虽然，我曾经想过主动找她，但又不知道和她说什么好，而且，再过几个月我可能要去外国读书，到时连见面的机会都没有，我真的不知怎么办好！

蔡澜先生，请你给我一点意见吧！谢谢你。

祝　好！

一个无胆的人　上

一个无胆的人：

看到漂亮的女孩子，喜欢上她，一点也不傻瓜，如果你自己先认为自己是傻瓜，那么做什么都傻瓜。

要记得的一点，是不管自己的条件如何，我们都有权追人家。当然，人家也有权拒绝我们。一切是公平的。

样子平凡，比不上别人英俊；读书又没读好，这都不是问题。

世界上有一种叫"粘功"的，那就是无时无刻地不跟随着她，毫无条件地，对方要求的任何事，做牛做马也要做。

女人的生命总有寂寞的一刻，这时你便可以乘虚而入了。

许多美丽的女性都嫁给一个丑丈夫，只因为他们有安全感。

在我认识的女人之中，十个最少有五个是嫁给这种人的。

所以说，做，机会五十五十；不做，机会等于零。

你如果一直怨自己比不上别人，那只有眼光光地看着心爱的人跟人家走，那多么可怜！试试大胆地去追求，一次不成功再来一次。等到有一天，她说永远不想再见你，那么才死心好了。至少，你也可以向自己有一个交代：我试过。

　　过几个月你就要去外国念书了，还不乘机会试试？到见面也不可能的时候，你更会恨自己的无能，一直后悔。这值得吗？

　　要是你真的是那么无胆，我想你连跳痰桶自杀也没有勇气吧？那么，你活来干什么？霸占空间，浪费氧气，还是早点死了，埋在土地当肥料，至少对人类有一点点贡献。

　　你没胆？我给你。我浑身是胆，分点给你毫不损失。

　　不过，话说回来，你这时候的恋爱只是一个开端，到了外国，遇到的女朋友更多，你才会发现当时为什么会为一个女子那么烦恼。但是，连目前这一个都不够胆追的话，再给你一百个也是枉然。

　　祝　好！

蔡澜　上

莫名其妙嫁给他

蔡澜先生：

本人今年 23 岁，性格属于乐观派。记得去年认识了一个大我三年的男孩子，就称呼他为"A君"。初时我是很不习惯的，因身边突然多出一个要照顾的人，虽然常听别人说有男友是件快乐的事，但我始终未能体会这种滋味，不是他对我不好，刚好相反是他太爱我了，有时我甚至感到很难适应。

圣诞节当日，他一手拿着花，一手拿着戒指到我面前，竟然向我求婚。发梦也想不到这么快，那时的我不知如何是好，完全没有心理准备，总不能转身便走。我看见他那情深款款的眼神，更不知所措。他说："我实在太爱你了，此生此世你是属于我的，嫁给我。"哗！好肉麻！原本是冬天，但感受到掌心不停出汗，我就对他说："我喜欢自己，多于喜欢你。"他听后很意外，眼睛似有泪光，我不知说什么好，更不懂说安慰话，他含泪对我说："难道你要放弃我？"此情此景像是国语片那些男主角抛弃女主角的说话。我叹了一声便对他说："你给多些时间我想想大家是否适合在一起，好吗？"他无奈地答应了。自此之后，他再没有找我了。

我以为已终结大家的感情，直到我生日那天，他竟出现我面前，他用上次的手法向我求婚，我以为他会死心的，但想不到他竟然会守诺言，他说："我已给足够时间你考虑了。"我不知好笑或好气，这样我便欣然地答应了他。

现时，我已成为他太太了，有几个问题请蔡先生为我解答好吗？

一、我是否太男性化呢？

二、我是否属于同性恋呢？

三、他为何如此顽固，一定要我嫁给他呢？他爱我吗？

四、我的错字是否很多？

祝　健康！

有缘人　上

有缘人：

读到你已经是他的妻子时，心中一沉。

你怎么那么莫名其妙地嫁了给他？

很显然地，你答应他时，同情多过爱情。出发点已是错误。

一个自己喜欢的人，绝对不会感觉到他的示爱是厌恶的。

回答你的问题：

一、你没有形容自己的爱好，很难判断你是不是太男性化。从你的来信之句子和文章，也没有男性化的痕迹，我想，你只是一个普通的女子，也许你的头发剪短了一点罢了。

二、你是不是同性恋，应该自己知道。如果还没有搞到和女人拖手仔上床的地步，最多是有点倾向，不算严重。不喜欢你现在的丈夫，并不表示你就是一个同性恋者，惋惜的是你还没有遇上一个你真正爱的人。

三、他是很爱你的。爱一个人苦苦地去追求，不算是顽固，是正常。要你嫁给他，也是理所当然。

四、你的错字不多。

你已经嫁了人。你是一个太太，没资格做一个任性的少女，你有责任弄好一个家庭，不管你当初的决定是对的还是错的，你都要尽力地挨下去。

我不知道你为什么对你丈夫有意见，也许他有许多让你看不顺眼的地方，但是感情可以培养的，你既在信上的第一句就说你是一个很乐观的人，那么便要以这个态度处理你的婚姻。

我自己虽然有些博爱的毛病，但我对于婚姻的看法是：要是离婚的话，显然是自己决定的错误。

祝　好！

蔡澜　上

低班狐狸精

亲爱的蔡澜先生：

你好吗？

如果这件事发生在别人身上，我真不能相信，但竟然发生在自己身上，令我终日闷闷不乐，没有好睡。

我是一个离了婚的女人，今年25岁，与丈夫分开了三年，从未有别的男朋友，但今年中秋，我回内地探望朋友，在卡拉OK里碰上那里的老板，我和他一见如故。自那次之后，我多次返内地找他，两个月间去了四五次。他外表像30多岁，正是我找对象的理想年龄，但最近一次上去，发现他只有26岁，我有点失望。由于他的思想和外表都异常成熟，所以我并不太介怀，反而令我最震惊的，是他说有了老婆，有了老婆还对我体贴入微？我很生气，但仍然很钟意他。

我知道他结婚已年多，有一个小孩，他声言不会抛妻弃子，但另一方面又和我很要好，我并不介意他继续做他的好丈夫、好爸爸，只要肯见见我就可以。不过他很会玩把戏，常常以退为进，叫我不要想他，但又常常陪我。我承认他外表并不吸引人，不过很高大，在内地这样的地方，和他一起很有安全感，什么都好像不用担心。

我想，难道我这个土生土长的香港人也比不上他的内地老婆？

如果他要和我玩的话，干脆做个 Playboy 吧！不要扮正人君子，说怎样负了我、怎样抱歉、怎样不会抛妻弃子、不想做罪人！他始终对我很好，甜言蜜语，他把我玩在手中，任意愚弄，我又不能不想他。蔡澜先生，你是男人，我想你会很清楚他在想怎样！怎样才可把他弄到手呢？他再对我若即若离，我快给他玩死了。希望你能明白我！再见！

祝　好！

狐狸精　上

狐狸精小姐：

我是男人，我当然很清楚他想干什么，而且我会帮他，不会帮你。

要做狐狸精还要人帮，羞不羞？

狐狸精只会玩人，不会给人家玩死的。

你本身有什么条件呢？因为是香港人罢了？别以为做香港人就比内地人厉害，在他们的眼中，你只是个无知港灿。

问题出在你本身，和丈夫分开三年没有男朋友，你一定饥渴得要死了。每晚除了飞机陪伴，好需要实质，以你的来信看来，你是送上门的。两个月去了四五次，我看你的脸上一定印着"官人我要、我要"的招牌。

你爱的这个男人是个好男人，至少他先和你讲明是有老婆孩子的，好过骗你骗到底。

　　和你要好，是他的权。某些男人剩余有许多的感情，可以同时爱几个女人。如果他摆出一个玩家的衰样，那是属于下等的，但他对你很诚恳，有什么不好呢？他甜言蜜语，不就是正中了你的下怀？

　　既然你说已知道他有老婆儿子，还是很爱他，只要肯见见你就满足，那么就继续见吧，何必拥有他呢？为什么要叫这个可爱的人抛妻弃子呢？如果他真的这么做，和你结合之后，因为有了前车，他也会抛弃你呀，等到他遇到一个更新鲜的之后。

　　做狐狸精要有条件，好像在某方面的功夫特别好，异常地体贴入微，你有没有这种才华？若有本事，不必我教你，你也可以把他弄得欲仙欲死，他有多少个老婆也总会放弃，整天整夜地和你泡。

　　依来信看来是他把你弄得欲仙欲死。

　　虽说男人帮男人，但最终是帮理不帮亲，你的例子我很明白，可以给你的劝告是：你还是乖乖地，别做什么狐狸精，似个基基本本的情妇算了。有空起来上内地和他度几个良宵，没时间就在香港当地取材。要做他老婆干什么？二十四小时地服侍人，多疲倦的一件事！

　　祝　好！

蔡澜　上

"畜牲"不用同情

蔡澜先生：

你好，我有一些感情上的问题，希望你能给我一些意见，谢谢。

我快到30岁了，在我19岁那年，认识了一位比我大一岁的女孩子，拍拖两年之后，我俩就结了婚。

婚后三年，由于她在事业上有点成就，财源滚滚来，就提出和我离婚，当时我入息低微，没有她那么本事，被迫接受离婚的要求。

离婚之后，我很伤心，另一方面我亦很努力工作，同一时间，我认识了一位女朋友，她对我很好，我俩拍了拖几年，打算短期内结婚。一切都准备好了，但最近我的前妻又打电话给我，她说很挂念我，很爱我，希望我能原谅她，能与她复合。

但我的朋友告诉我，我的前妻由于事业失败，所以才返来找我。

到现在，我对她仍有一点爱意，无可否认，她是我曾经深爱过的人，我真是有点心软，但，我的另一位女朋友，是否对她不公平呢？

现在，我真的不知道应该怎样做，请你给我一些宝贵意见。

祝　好!

汉明　上

汉明：

最讨厌的就是那种有了钱就反脸的女人。

你这个前妻连人都不是，是畜牲。

她又回来找你。很好呀，免费和她来几次，比叫鸡便宜。

然后一脚把她踢下床。

绝对别上这家伙的当，她由于事业失败后才来找你，迟不迟一点？你要是心软，等到她一转好，这次轮到她踢你下床了。

唉，一日夫妻百日恩，当然你对她还是有点爱意罢，不过这绝对是对你现在的女朋友不公平的。

你如果狠不下心，那就赶紧和现在的女朋友结婚好了，让前妻绝望，还有，别忘记寄一张喜帖给她。

人性是不容易改的，这个前妻再求你，再说几千次几万次"我错了，我后悔了，请你原谅我"也没用。

或者，你还是会骂我一点同情心也没有。

有时给意见，反会被当事人责备。这都怪你多事，写信来问东问西。要是你不听我的话，何必多此一举？浪费我的时间，浪费你自己的感情。

斩钉截铁地拒绝她吧。要是我是你的新女友，看你这么犹豫不决，才不要你呢。

你今年已快 30 岁了，不是小孩子，爱情和婚姻，都可以说要来就来，要去就去？

想起她时，只要想她的坏处就行，想她一有钱即刻做暴发户状，想她怎么样地迫你离婚，想她冷言冷语地侮辱你，说你是个穷光蛋、没出息。

她离开你之后，你以为她是个守贞操的烈女吗？不知道和多少个阿猫阿狗上了，你想做三四五六七八手的旧情人吗？

或者你可以当面和她说：如果她有需要，每次付她三两块。这种人，收你十块钱已嫌贵了。还有，房租要她自己给。

祝 好！

记得，快点再结一次婚，就没事了。

蔡澜 上

何必烦恼

蔡澜先生：

　　本人和男友 Ricky 拍拖已五年，感情有增无减，但间中也会为他妹妹的事吵闹。他妹妹今年 27 岁，性格和行为举止却只有十六七岁，由于她并没有拍拖，所以每逢假日她都会做了我们的"电灯泡"，使我非常不快。使我更不满的，是我和男友每讲任何说话，她都会转述给男友的母亲听，例如：我话男友和我往山顶庆祝情人节，花了一千多元吃晚餐，贵了一点，他的妹妹便会告诉其母亲。这些事情都使我甚为不满。我曾向男友反映不满，他只会说："有什么办法？可以剩下她一个人吗？"有时我会想一些方法避开她，但并不是每次都成功。先生，你救下我们啦！

　　另外，男友时常问我如果他认识多一两个女仔玩下、拍下散拖，但依然爱我，锡我，问我是否介意。如果我不准他这样做，怕他说我"专制"，使他受束缚；如果不介意的话，又害怕他玩玩下变真（虽然他曾发誓只有我是他一生中唯一一个女人），请问先生，我如何答他这个问题！

　　祝　好！

被救人　上

被救人：

哗！拍拖五年，感情有增无减，恭喜你了。这年头，算是很难得的事。

既然那么好，何必为他妹妹的事烦恼呢？你要嫁的是他，而不是他妹，也不是她妈妈。

任何情人的妹妹，都吃醋；他妈妈，也吃醋。自己的亲人被别的女子抢了，心中总是酸溜溜的。

有一种很实用的态度，那就是把对方看成透明的，等于她们不存在这个世界里，看她们的时候，她们阻挡不住视线，只看到她们背后的东西。你愈介意她们的存在，她们愈来骚扰你。她们活在这地球的目的，就是来破坏你。

最好是一直保持一个悠闲的态度，做一个基本的笑眯眯表情，男友的妹妹怎么骂你，都送给她同样的表情。

这时，男友的母亲反应有三：第一，这个女子是白痴；第二，她到底葫芦里面在卖什么药？第三，她一定在笑我们在欺负她，不过她有很大的量度，她是一个了不起的人。

至于那个 27 岁的妹，至今还没有男朋友，一定是荷尔蒙失调，你尽快介绍一个男人给她，那么去游玩时四个人，她有她谈话的对象，就不会再做你的电灯泡了。

等到她在拍拖时，你也跟着去，做她的电灯泡来报仇好了。

不必避开她，愈想避开，她愈要跟来。冷静下来做出反击，每一次和你男友去街，先打电话给她请她一起来。

　　男友的妹妹反应有三：第一，你对她那么好，有什么目的；第二，你善待她，她会感到惭愧；第三，你这个人有利用价值，每次都给她介绍新的男朋友，要好好地巴结你才对。

　　男友要认识多几个女仔玩玩，就大方地让他玩吧！接着你也有一个要求，那便是自己也和别的男子拍拍散拖。你同样地答应他一直爱他，向天发誓说他是你唯一一个男人，大家平等，看他有什么话可说。

　　你所说的感情有增无减，但是我觉得已经在减了，好自为之吧！

　　祝　好！

蔡澜　上

何须改变

蔡澜先生：

您好！客气话不多说了，今回想向你讨教！

我是一个念中二的 14 岁女孩，性格开朗、活泼、男仔头，所以有不少朋友。他们都说我肯帮朋友、不计较，唯一的缺点就是欠缺温柔。我对批评一笑置之，直至那一次，我遇上心中的他。

他较我年长四年，在同一间中学念中六。他是老师眼中的好学生，品学兼优，又是风纪队长。样子嘛，却只能用"貌不惊人"来形容，但我却真心爱他，他令我整日坐立不安。虽然，我知道他的确大我很多，但我相信爱是不分年龄的，于是我鼓起生平最大的勇气去向他表白。

可惜最后，他拒绝了我，不过他仍肯和我交朋友。他对我说："怕你年纪太小，将来会后悔，而且我并不适合你。"他更说尽一切话来安慰我。那晚我哭了一场，我的心好痛、好痛。

后来我的一位男性同学兼好友知道了此事，告诉我像我这么"男仔头"的女孩子，很少男孩子会钟意的。他们大多喜欢温温柔柔、小鸟依人的女孩子。我听后真的很伤心，难道我不想温柔吗？不想小鸟依人吗？只是从来没有人给我机会罢了！其实，我可以为所爱的人干任何事（坏事例外）。我也有软弱、要人保护的时候，我也会困倦，我也想倚在他的胸膛上。

现在，令我不明白的，是他对我的态度，他不喜欢我，为何还要和我交朋友呢？男孩子真的喜欢温柔斯文的女孩子吗？我好不好为他而改变自己呢？我很傻吗？

祝　好！

Coral　上

Coral：

这个男孩子才大你四岁，怎会有年龄的差距？他不算大你好多，唯一差距，是你的爱情观的差距。

你根本思想不成熟，所以会烦恼，但这种烦恼多令人羡慕！年轻真好，到上了年纪，不烦恼了，也少了快乐。这种心态，我想你暂时也很难明白的。

好吧！讲些你应该懂的。你那晚哭了一场，心中会不会好过些？不会？那么再哭吧！一场又一场，哭到麻木为止，你已经上了爱情的一课，算是得到了初恋的经验，在你的人生得到一点东西。想起来，这也很美好呀！是不是？笑一笑吧！

男孩子总是很自我，喜欢决定人家的私事。其实后不后悔，是你自己的选择，他那么说，简直是多余。这个人是个好学生，但是绝对不是好情人，你说我讲得对不对？值不值得你那么伤心，你自己决定。

除了他，你会认识更多的男孩子，你会一次又一次地恋爱。最后发现，这个男孩子占的优势，只不过是你的初恋罢了，不然你迟早会把他忘得一干二净。

男仔头的女仔有什么不好？大把人喜欢像你这样的男仔头，懦弱一点的男孩子，看到你，即刻爱得昏倒在地上。

男孩子不但喜欢温柔斯文的女孩子，雄性动物，所有的雌性都喜欢，尤其是当他们在思春的时候。你如果不要别人，死跟定他，那么做朋友就朋友，做妹妹就做妹妹，等到他寂寞那天，等到他情欲高涨的那一刻，他自然会接触你，但是你居然说坏事例外，也许他想做的，只是坏事。

你如果改变自己来迎合他，那就很傻了。你阻止不了他去认识比较温柔的女孩，他见得多之后，发现你是不同，才觉可贵呢！

向他表白是做对了，不然永远暗恋，那才痛苦。

你说你是个个性开朗的女孩，那么继续开朗下去吧！来，再笑一笑！

祝 好！

蔡澜 上

不育的女人，
一切都会完蛋吗？

蔡澜先生：

十年前，当我是一个 15 岁的中学生时，我已不快乐，因经常要入医院检查身体及做手术；再者，那时已知自己不能生育，但我没有为此而哭。中学时代，看见人家一双一对的，极之羡慕，自己呢？不敢想。到 20 岁时，终于找到一个自己深爱的人，那又怎样，愈爱他，愈不能不跟他分手，于是我找借口离开他，他当时恨透了我。在我走的时候，他已有女朋友，至今他们还在一起，我衷心地祝福他们幸福快乐。

两年后，在朋友的介绍下认识了他，一开始已知双方没有将来，彼此过着偷偷摸摸的生活。有时觉得很辛苦，愈是这样，愈是爱他。他爱我吗？我也不太清楚。他非常介意我与异性约会，他希望我每天放工后便回家，但不等于他每晚给我电话，这些是"没有爱的自私"，还是"有爱的妒忌"？

有时候，他会告诉我与以前的女朋友一起吃饭，并问我是否心痛，而我每次也只是一笑置之。其实，我心里不是没反应，只是不想给他看穿而已。

蔡澜先生，男人会否宠爱把第一次奉献给他的女人呢（我指的是处女身）？他会难忘吗？珍惜吗？你觉得他对我是真，还是玩弄感情？怎么都好，我始终很爱他，愈爱他，便愈害怕将来会伤得更痛。我不能与他结婚是永不改变的事实，是否真的要有第三者出现才能放弃他？或是我正在期待他有新女朋友呢？我是否这样就完蛋了？我很想哭，但哭不出，只有心痛。

蔡澜先生，请你教我怎样做吧！我……没有支持者，我身边的亲人常劝我努力工作，年老时自己照顾自己，结婚也不要想……真的要这样过一生？那我宁愿活到 35 岁！

不懂哭的人　上

不懂哭的人：

你是一个很好的女人。

你没有支持者，我来支持你好了。

一个不能生育的女人，并不代表一切都完蛋了，你的缺点是太过迂腐。多少人因为怀孕而拿掉小生命！不能生？人家求之不得呢！男人要是因为没有后代而抛弃女人，那么这种人爱不得，也不值得爱。

快乐的单身女郎很多。女人不一定要嫁人才有完美的人生。完美的人生，是如何去对自己好一点，对别人好一点，婚姻是人发明的一种制度，不是大自然的规律，遵守它，是遵守别人想出来的一种概念。不理会它，是自己的决定，不是罪恶。

第一个男朋友离去，你生存了下来。第二个男朋友若再走掉，你也不会因此而丧命。第三、第四……第十八个离开，日子也一样地过，总得活下去。

如果和现在的男友不能分开，也就认命。偷偷摸摸的生活，好过寂寂寞寞的生活，你说是不是？

你说有苦有甜，那么把注意力放在甜那方面吧！

男人叫女人等他是"没有爱的自私"，还是"有爱的妒忌"？

那么，男人不叫女人等他，女人不就说他毫不关心吗？

男女的爱情，永远如此矛盾。

回答你的问题：

一、男人是会记得第一次奉献给他的女子。因为，男人一生中，不会遇到太多的处女。

二、只要你爱他，管他什么难忘，珍惜，真的还是假呢？

三、相信我，有很多男人，是不喜欢子女的。我就是其中的一个。

蔡澜　上

何苦死缠烂打

蔡澜先生：

你好！首先，多谢你替我解决感情上的烦恼！

我的一段感情，由不清不楚到明朗化，到最后亦是"无疾而终"！

三年前，我认识了一大班男孩子，他们待我十分好，大家有如亲生兄妹！由于他们当中有一位 M 君是喜欢我的，于是他便托他的朋友问我是否喜欢他。但因我从没有喜欢过他，所以没有答应接受他，彼此一直只维持着朋友的关系。另一方面，在他的朋友当中，有一个 s 君经常打电话给我，来意全是为了帮 M 君追求我，但我始终无法爱 M 君，反而对 S 君却有十分的好感，可惜当时他已有固定女朋友，所以我便契了他做哥哥。直至上年，我和他及他的一位朋友去看戏，当时他放了一只手在我的腰侧（他已和他的女友分开了很久），我没有反抗。在第二次看戏时，我特地把头放在他的膊头上，他亦没有拒绝，于是我找机会告诉他已爱上了他，当时他只说迟阵子再找我，因他正在开工。但之后，他没再找我，但写了一些字条给我，叫我别做傻事，他没有爱过我！

之后差不多一年没有再找他，几乎把他淡忘。但在一次偶然的机会，我找他帮忙，他亦十分乐意帮我。再次见面时，彼此没再提起以往的事。有一天，我到他办公的地方找他，只是想打招呼而已，但他带了我到他的家。起初没有什么特别，但之后我差一些把"第一次"给了他，幸好他没有这样做！他曾向我说："经历了那么多，才可以在一起！"但之后我俩只是保持电话联络，因为他每天要忙于工作。为了见他，我连学也不上，往他办公的地方见他！

不过，最近连续几天 Call 他，他也没有复我机。我终于忍不住，打电话对他说，若不 Love 我，不需避开我。但他说不是，只是真的太忙！过了数天，我再 Call 他，他在 Call 台留口讯说叫我以后不要再找他！我也不知发生什么事！我猜想原因有两个：（1）他的一个近亲喜欢我，所以他不想难做；（2）我太烦，常常 Call 他。

现有一些问题想请你解答：

一、究竟我应否再向他问清楚呢？

二、究竟他有否喜欢我？

三、我实在太爱他，没法忘记他！我应怎么做呢？

紫程　上

紫程：

厉害！知道怎么把头靠在他的肩膀上表示爱意，多数女孩子都不敢那么做。

男人很贱，以为你是较为开放的，就可以有进一步的要求。所以，当他带你到他家去的时候，他是有意思占有你的。

你说你"差一点"把第一次给了他，好像是很"好彩"似的。你到底还是有保留的，所以他最后也放弃和你睡觉的念头。

当时他的心情一定是："这个女孩子已表明喜欢我，我用手搁在她的腰上，她没有拒绝，还把头靠近来，那么上床也没什么大不了。但是，看样子她像是处女，我不过是玩玩罢了，还是放过她，免得将来惹麻烦。"

后来，你又打电话给他，说什么若不 Love 我，不需避开我等等无理取闹的话。

我要是他，也不好意思直接说："爱是不爱的，说说可以，但是你玩不起。"

既然说不出真话，只好用事忙来推搪了，真话有时是很伤对方的心的。

可是你还是死缠烂打，每天 Call 他几次。最后，他感到你已令人厌烦到讨厌的地步，就在 Call 台留口讯叫你不要找他了。这是很自然的反应。还没有和你发生肉体关系，你已像一个老婆那么追问，要是和你有了一手，那还得了？后果是不堪设想的。

回答你的问题：

一、答案已经清楚得不能再清楚。他喜欢你，但没有达到爱你的程度。你已经三番四次示爱，他也明明白白地叫你别再去找他。你还想怎么"清楚"法呢？

二、玩玩罢!

三、你已用尽一切法宝，再也没路可走了，放弃他吧!

　　要是你真的是爱得那么深，就求他最后见一面，把自己无条件地给了他，从此再不找他。要想念，让他去想念；要后悔，让他去后悔。而你自己快一点长大成熟，做一个好女人，再过几年，他再找你时，连一次机会也不再给他。

　　祝　好!

蔡澜　上

女人四十嫁杏无期

蔡澜先生你好：

本人是你的忠实读者，我很欣赏你的才华和见解。

快将 40 岁的我，至今时今日还没结婚，连男朋友都未有。自问不是丑，30 多岁时还有追求者，不过追求我的男人，我没一个看得上眼，我看得上眼的又借助别人的口来探口风。我恨这些男人，明明喜欢又不敢追，男追女是理所当然的，所以我一个个拒绝了。到了今天，我很想有一个自己的男友，是否"苏州过后无艇搭"？如果有男仔又借助别人的口来追求我，我应不应该放开这份执著去接受对方呢？我是不是很傻？

还有一事，我患有鼻窦炎四年，我看过好几个医生，都无法医好，听一些医生讲，鼻窦炎是无法根治，是否真的？如可根治，我求你帮忙，介绍些药方给我，感激万分，以上问题请你为我解答，多谢。

祝　身体健康！

心急人 CC 上

心急人CC：

快四十还嫁不出去的人，这个世界上愈来愈多，你以为这是你的特权？

尤其是有兵役制度的国家，男的当了两三年兵的时候，女子不断地进步，学业事业上的经验都比男方强，这一来就看不上对方，觉得身边的男孩子都是傻瓜，理想的对象又个个有老婆，像你的例子便出现了。并不是自己长得好不好看的问题，是头脑发不发涨的问题，只有降低水准一条路才好解决。

男人和女人有别，前者有时用生殖器来思考。女的就不同，她们一定要有所谓的"感觉"，而这种情感，得来不易。

不谈肉欲，有的女子连拍拖也没机会，是因为连接触也不去接触，这又能怪谁？

这个通过第三者追求你的男人，你觉得他没"种"，把他放弃了，多么可惜！当你有大把选择的时候才够条件，很想嫁人，管他有没有种，嫁出了才说。

给人家一个机会，说起来好听。事实上，你应该给自己一个机会。这个害羞的男人个性懦弱，也许那是天生如此。他父母给了他这个遗传基因，错不是错在他身上。先接触、了解，才作出判断好了，发现对方是一个同性恋者，到那时候才放弃也不迟。胆小的男人好管，是理想的对象。

能吸引大量男子的方法，也许已经到了用你的身体的时候，多点与男人来往，在其中挑选一个嫁掉，就不必空怨恨了。

回答你的问题：是的，你很傻，放弃这份执著，由这个通过第三者的男人开始，再结交多几个人吧。

　　鼻窦炎这种病我不是专家，其实任何病我都不是专家，不能回答，你去问问一个叫区某民的吧。给你一点消息，此君亦未娶。

　　我能医的，是心病。充满希望和把人生乐观化，能医绝症。至少，已经奋斗过，去了也甘心。

　　祝　好！

蔡澜　上

做尼姑抑或护士，自己拣

蔡澜先生：

你好！希望你能替我解决烦恼！

与男朋友分手已有几个月，当时没有大哭大叫，只是因为太意外，其实难受极了。分手原因连自己都不知道。拍拖时他甚少找我，就算在一些节日里，也是他有他去玩、我有我找节目。到后来，发觉不可以长此下去，所以约他出来说清楚，岂料我未说，他却先提出分手（他在 Call 台留下分手的口讯），连与他见面的机会也没有，便就此散了。

我没有挽救这段感情，因为我知道他不再爱我，否则他不会这样对我。在朋友面前，我可以暂时忘记他，开怀大笑，好像很洒脱；但其实我并不太成功，亦放不下这段感情。每当夜深人静时，我便想起他，想起以往与他一起的片段，禁不住哭起来。每次路经以往与他行过的路，便会想起以前的片段。老实说，我好害怕在街上碰见他或是见到他拖住其他女孩，我怕我不懂得如何面对。我想问你，我应该怎办？怎样才可以忘记他？

Rachel　上

Rachel：

爱一个人，但他不睬你；你要忘记，但是忘记不了。

忘记不了，是因为没有遇到一个能让你忘记上一个人的人。

天下间多少山盟海誓的爱情，都遭遇到失败的结果。这些男女都去跳海了吗？不，不，他们都活生生地生存下去，他们都会遇到一个归宿，让他们度过有生余年。虽然，他们未必忘记以前的伟大恋爱。

说得那么伟大，其实应该为情牺牲，做和尚去、做尼姑去，幸好大家都是说说罢了，要不然这里充满尼姑和尚。

我们生活在一个物质社会里，有了钱，身边的朋友一定很多，到各地去旅行，也不成问题，有那么多美好的地方可游，哪会碰上旧男友和他的新女友呢？

你要忘记，很容易，拼命去追求金钱好了。赚到之后，做一个购物狂，比拍拖更习惯。

也许，你不是那么一个俗人。好，不要钱，也可以享受。

你可以学习插花、陶艺、书法，这些艺术都能消磨你很多时间，你不会再感到寂寞。

如果你没有艺术细胞，那么学烧菜好了，煮一手好菜，男人尝了非要你不可，到时你要多少男人就有多少。

什么都不会，也不要紧。懂得温柔，总会吧？

女人一温柔，男人见了都融化，我看你最好是去当护士。

做护士总找得到老公的，因为有很多独身的男病人，在躯体和精神最脆弱的时候，身边有一个人，不管美丑，只要对他好，他恢复健康之后，一定要她做老婆。

　　要忘记一个男人，是最容易的事，身边的阿猫阿狗，随便爱一个，就可以忘记他。忘不了，是因为你不想忘。你不想忘，神仙也救不了你。

　　祝　好!

蔡澜　上

十六岁就是无敌？

蔡澜先生：

我是一个快将 16 岁的中学生，我很喜欢玩花式溜冰，近日更爱上一个溜冰教练。他是溜冰场上其中一位最受欢迎、最多学生又最赚到钱的教练。虽然有人说他的嘴巴太大不好看，但我觉得他白净英俊。

每次上课时，我都想多些跟他有身体接触，平时，我又想找借口Call 他，和他倾电话，但他平日上课时，常刻意避免接触学生的身体。我有什么方法令他知道我爱他？

听说他对一个短头发、瓜子脸、身材窈窕的女学生特别好。但是"瓜子脸"溜冰笨手笨脚，有次更向教练发脾气，表情很恶、很气愤，但教练竟然很"死狗"地对她温柔呵护。其他女学生都时常跌在冰面上啦！跌下又有什么大不了？又不会跌死。

我曾留意这女子，觉得她很作状，又"懒"有女人味，常穿贴身衣服溜冰，大约有 24 岁。听说她除了每星期的上课日外，很少去溜冰场练习，但那些男孩却喜欢看她。她说得一口流利的英语，可能是在外国长大的留学生。

一、"瓜子脸"平日表情冷漠似木头公仔，年纪又老，成日扮斯文、扮高贵。我就活泼可爱，青春无敌16岁。

二、"瓜子脸"的上课时间在收场前后一个时段，我猜她是有心勾搭教练收工之后带她上街玩。

三、"瓜子脸"脾气臭，但我就听话，又乖又善解人意。

四、"瓜子脸"穿衣服好看，我猜她一定戴了 Magic Bra，我虽然没有那么 Fit，但我还可以发育。

我曾在洗手间与"瓜子脸"相遇，更对着镜中的她骂她"正一死姣婆"，可是她竟当我透明，不理会我。

我有何办法可以令"瓜子脸"不再来溜冰场，不再勾搭我的英俊教练？

青春无敌十六岁　上

青春无敌十六岁：

谁没有活过16岁呢？

青春无敌？也许是吧，但请聆听笔者的忠告。

你自认不如"瓜子脸"美丽，身材又没有人家那么好，那又有什么条件和人家去争呢？就是凭你只有16岁？哈哈！

你说你还可以发育，换句话说，你还是发育不全的，男人应不会喜欢你这种平胸又不长毛的人，除非是心理变态。

你把自己形容为"善解人意"。但善解人意不是一个好形容词。我家有一条狗，叫它做什么就做什么，啊，这条狗真善解人意！形容动物才用这句话。

是的，你所说的"瓜子脸"跌倒之后，向教练发脾气，这一点我也是不喜欢的。但是除此之外，你所说的瓜子脸没什么不好，常穿贴身衣服溜冰，我也爱看。是不是穿 Magic Bra 你我都是猜测，但好过看一个要等三四年后才胸部发育的黄毛丫头。

我最欣赏"瓜子脸"的，是你骂她"正一死姣婆"时，她竟然不发怒，处处表现出她是大方的，不和小孩子计较。但也有一个可能性，你说过她是在外国长大，可能她听不懂你在说什么也说不定。

"瓜子脸"24 岁，你说她老，从你的信中看出，这个 24 岁的老女人，大家都喜欢，似乎 16 岁的青春无敌，给 24 岁的阿婆打垮了。

有何方法令他知道你的爱意？很简单，献出身体好了，这是你唯一的本钱。

有何办法可令"瓜子脸"不再去溜冰场？没有。但你即使不到溜冰场，也可到游泳池、保龄球场等等碰碰运气，也许会看到更好的教练出现。

看你的信，用语尖酸刻薄，有点像粤语残片的后母，这种角色一向是反派。

蔡澜　上